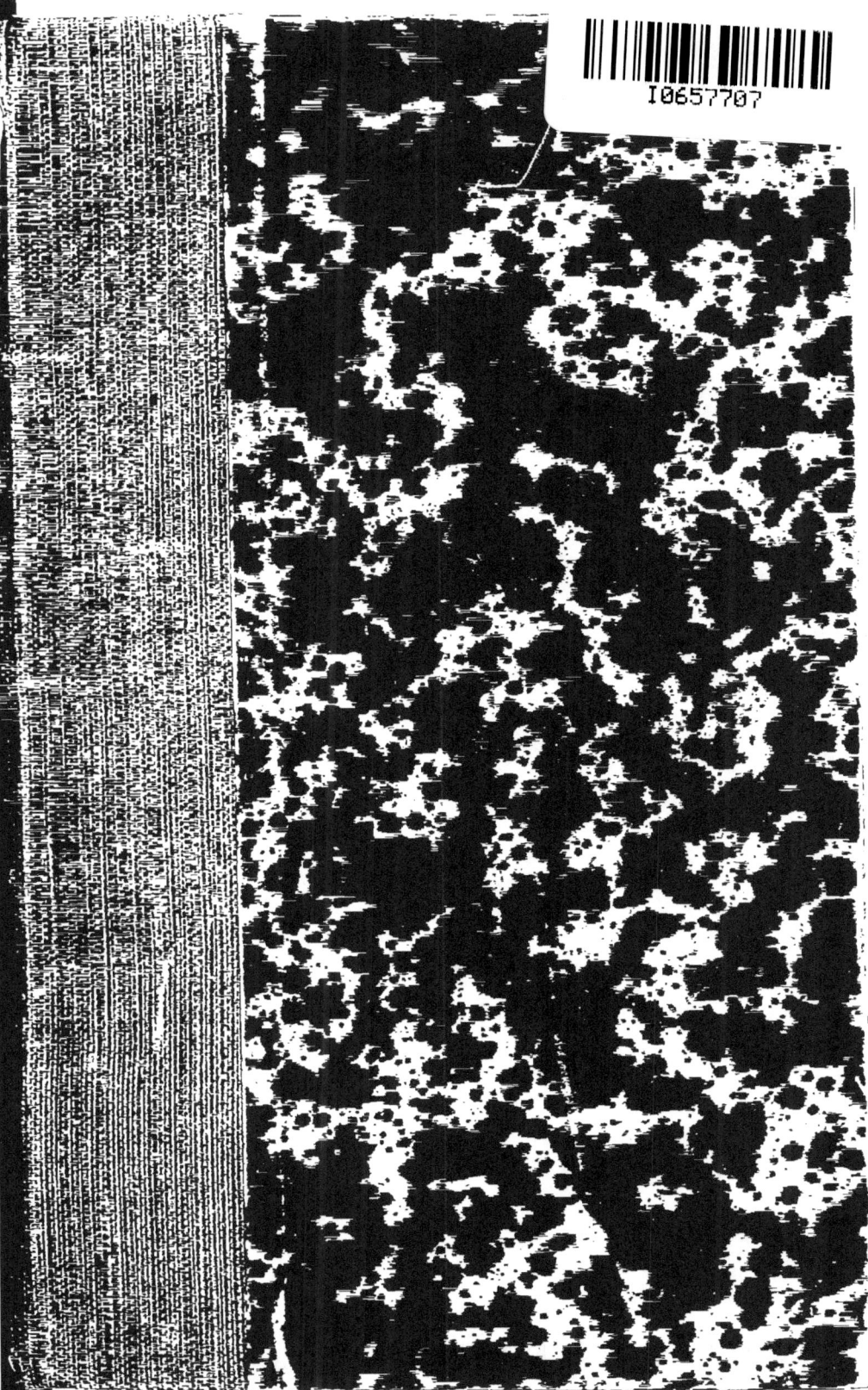

LETTRES

D'UN

EXCENTRIQUE

PAR

ROBERT FRANZ

AUTEUR DES SOUVENIRS D'UNE COSAQUE

TROISIÈME ÉDITION

PARIS

LIBRAIRIE INTERNATIONALE

A. LACROIX ET Cᵉ, ÉDITEURS

13, RUE DU FAUBOURG MONTMARTRE, 13

1876

LETTRES

D'UN

EXCENTRIQUE

DU MÊME AUTEUR.

En vente chez les mêmes éditeurs :

SOUVENIRS D'UNE COSAQUE, 10ᵉ édition, 1 vol. grand in 18 jésus. . . . . 3 fr. 50

Pour paraître prochainement :

FRANZ LISZT ET SON ŒUVRE, 1 vol. grand in-18 jésus.   3 fr. 50
CONTES A RENDRE FOU, 1 vol. grand in-18 jésus. .   3 fr. 50

IMPRIMERIE EUGÈNE HEUTTE ET Cᵉ, A SAINT-GERMAIN.

LETTRES

D'UN

EXCENTRIQUE

PAR

ROBERT FRANZ

AUTEUR DES SOUVENIRS D'UNE COSAQUE

PARIS

LIBRAIRIE INTERNATIONALE

A. LACROIX ET Cᵉ, ÉDITEURS

13, RUE DU FAUBOURG MONTMARTRE, 13

—

1876

A Guy de Binos.

Son

Robert Franz

Paris. — Louëche-les-Bains. — Ville d'Avray, 1875.

Á. Ö. M.

LETTRES

D'UN

EXCENTRIQUE

I.

A Ö. M.

Rakos-Palota, 186 ..

Mon cher ami,

Votre lettre m'arrive dans le beau pays de
Hongrie.

C'est un grand désir de connaître cette poétique
terre et une invitation de notre ami László qui
m'ont conduit ici, il y a près de deux mois.

Vous connaissez László ; il invite de grand
cœur, oublie les invitations qu'il a faites, et quitte

tranquillement, sa maison la veille du jour où son hôte doit arriver.

Vous me connaissez aussi; il y a des occasions où l'amitié que je porte aux gens se double de la joie d'en être débarrassé.

Quand j'arrivai à N..., mon ami venait d'en partir pour Vienne le matin même.

Depuis de longs jours je voyageais dans la *puszta* hongroise. Descendant les montagnes de la Transylvanie, j'avais traversé seul le grand désert des prairies, mais je ne me sentais pas encore las de solitude.

Je m'installai dans la maison vide, heureux du départ de mon ami.

C'est une vieille bâtisse commode à l'intérieur, et à l'extérieur entièrement tapissée de glycine en fleur, dont les nombreuses et grandes grappes d'un bleu pâle parfument l'air.

Autour de la maison s'étend un jardin envahi par des fleurs des champs et ces plantes superbes qu'on nomme mauvaises herbes. Des vipérines, des molènes, des coquelicots aux larges fleurs saignantes comme des cœurs ouverts croissent dans tous les coins ; l'aconit balance sur de lon-

gues tiges ses casques violets ; des glaïeuls lançant
en jets vigoureux leurs blancs épis ; une nigelle de
Damas, égarée là par je ne sais quel hasard, s'é-
panouit richement vêtue d'un velours d'azur, sous
un feuillage transparent, aussi fin que des cheveux. A l'entrée, deux ifs, taillés en cigognes, gâ-
tent seuls l'ensemble harmonieux de cette sauvage invasion.

La maison, posée comme un observatoire sur
un coteau, domine un horizon merveilleux.

D'un côté, le Danube, qui roule amplement
épandu, tacheté d'îles vertes peuplées de pélicans,
et tantôt bordé de clairs marécages où pêchent
gravement des hérons, tantôt encadré de roseaux
aux fourreaux de velours brun, aux panaches
lumineux, de grands chardons à feuilles striées de
blanc, de romarins, de lavandes, de gênets aux
fleurs d'or.

De l'autre, la *puszta* aux grandes lignes arden-
tes, fermée par l'hémicycle des monts Carpathes
et Transylvaniens. C'est un ancien lac dont le sol,
nourri par les fertiles alluvions que la Tisza, le Ma-
ros et les autres rivières ont portées des monts en-
vironnants, se revêt d'une prodigieuse végétation.

Elle s'étale à perte de vue, avançant au moindre vent ses longues nappes de fleurs, aux teintes soyeuses et fondues, et bruissantes de chuchotements. Il y a là une mer de couleurs : des tons glauques zébrés d'argent, des roses de rubis, des violets pâles, des jaunes d'or empourprés, qui ondulent, se rejoignent, s'entrelacent, se confondent dans une longue traînée de lueurs aveuglantes, sous chaque fusée de rayons du soleil.

A l'extrême limite, les montagnes s'échelonnent dans un mouvement impossible à saisir, noyées pour ainsi dire dans un réseau d'indéfinissables azurs.

Au jour naissant, la *puszta* dort dans la tiédeur d'une brume blanche comme dans un manteau d'hermine. Le soleil monte, et, sous un ruissellement de clartés roses, elle sourit par les yeux magiques des fleurs.

Les blancheurs satinées des narcisses, les pourpres violacées des œillets, les soies jaspées des jonquilles, serpentent sur l'émeraude des hautes herbes.

Au-dessus de la plaine passent des cailles et

des râles qui vont boire au fleuve. Ils volent divisés par bandes, les cailles plus bas que les râles et emportant aux pattes les derniers flocons du brouillard qui se fond dans l'espace. Arrivés au Danube, on entend des battements d'ailes mêlés à des clapotements d'eau remuée, puis tout rentre dans le silence. Une heure après, les mêmes bataillons repassent dans le même ordre et regagnent la plaine.

La lumière, au matin sereine et délicieuse, devient accablante vers midi; le désert s'allonge encore, on le voit s'enfoncer dans toutes les directions, rampant avec de fauves reflets; rien de vivant dans l'étendue, si ce n'est de loin en loin, à une grande hauteur, un aigle au ventre brun, interrogeant le ciel sans nuages d'un œil tranquille.

Il y a là quatre heures d'un calme et d'une stupeur incroyables.

Et toujours la même pureté dans l'air, une netteté plus grande dans le contour des montagnes, une coloration morne mais saisissante sur la surface incendiée des herbes.

Vers six heures, la chaleur s'apaise, la lumière

s'adoucit, des bruits confus montent de la plaine;
hommes et bêtes secouent le poids du soleil ; de
longs troupeaux de bœufs blancs et de buffles
aux yeux perdus dans les poils, suivent les pâtres;
des chevaux qu'on mène boire au Danube hennis-
sent; sur la lisière de la *puszta* s'avancent des
charrettes chargées de foins.

Le désert ressemble alors à une plaque d'or;
de blondes vapeurs traînent sur les montagnes et
la nuit s'apprête à venir.

Imaginez un peintre devant ce que je vois ici;
représentez-vous un tableau de ce paysage aux
lignes claires, fuyantes et en même temps immobiles, uniforme, et cachant sous cette apparente
uniformité des décompositions de nuances infinies,
— comme un tableau pareil renverserait le sys-
tème des harmonies dont le paysage vit depuis le
siècle dernier!

L'homme ne se contente pas de perfectionner
l'homme; il veut aussi donner à la nature un té-
moignage de sa sollicitude ; il a donc inventé un
principe de l'art, très-peu modeste, que je retrouve
partout, et qui donne à la nature l'initiative du
beau, réservant à l'artiste le droit de la corriger;

cette opération s'appelle créer ou embellir! Créer la nature, embellir le parfait; quelle drôlerie!

Véronèse peint de grands nuages blancs, et ce sont ces grands nuages réels qu'on retrouve suspendus au-dessus des colonnades de la place Saint-Marc à Venise. Le soir, les chaudes ombres roussies de Titien, tombent sur San Giorgio et les bâtisses de brique environnantes.

Mais Titien, Véronèse, aimaient la nature, ils la respectaient; la poésie des choses extérieures leur paraissait grande, les pénétrait, ils n'y mettaient pas d'intentions psychologiques.

Les intentions psychologiques, les idylles morales de nos peintres sont d'excellentes choses, mais sans le moindre rapport avec l'art et la poésie.

Le peintre moderne, — quand il ne proportionne pas ses œuvres à la petitesse et à l'agrément du bourgeois dont il est le fournisseur, — généralise; c'est-à-dire, il déforme, amoindrit, apaise, selon son tempérament personnel, toute une série de beautés entières, admirables, qui échappent nécessairement aux conventions et sont hors de toute discipline.

Vous me répondrez qu'il n'y a pas de lois à éta-

blir en matière de beauté, de plaisir et d'émotion;
vous aurez raison et je m'en retourne écouter le
vent qui s'endort sur la grande plaine.

On ne peut rien faire ici, sinon rêver, et trouver
belle et bonne la vie.

J'y étais très-bien disposé, lorsque le retour de
Lászlò m'a ramené au bruit, au monde, à l'ennui,
à tout ce qui éparpille et réduit.

Lászlò me fait consciencieusement les honneurs
de son pays. Nous sortons tous les jours, déjeunant
en compagnie à droite, dînant en gala à gauche
et ne rentrant d'ordinaire qu'au matin. Les repas
sont abominablement longs, mais les poulets au
paprika (espèce de poivre turc), et les vins de
Hongrie, excellents.

Je vois des hommes qui mangent, boivent,
rient, pleurent, comme ailleurs. Les femmes,
d'une beauté puissante, d'une sensualité solide, ne
montrent pas trop d'enthousiasme pour l'amour
platonique. On leur baise les mains, des mains
molles, sans nerfs, sans idées; elles sourient. C'est
bon signe quand les femmes sourient, dit un écri-
vain chinois.

Somme toute, ce sont d'excellentes gens, qui me

prennent avec mon caractère si opposé au leur, sans trop de difficulté.

A deux pas de nous, la comtesse K....yi passe l'été dans une petite maison enfouie, comme la nôtre, dans des flots de verdure.

Sa fenêtre s'ouvre à l'aube; une tête blonde et vermeille paraît au milieu d'un cadre de feuillage; elle nous appelle et nous usons de grands morceaux de la journée à lui raconter toutes sortes de folles histoires.

Dans l'après-midi, la comtesse nous mène dans ses vignes. On y mange de beau raisin que ses belles mains (les seules intelligentes que j'ai rencontrées jusqu'ici) détachent avec des ciseaux d'or, des pêches fondantes, des figues parfumées; la comtesse dit des riens charmants, qu'on écoute sérieusement, on écoute, on regarde, et on rentre à la tombée de la nuit pour recommencer le lendemain.

Tout le monde est si aimable, si accueillant, si accaparant, qu'il est difficile de se soustraire à une hospitalité caressante, flatteuse. Je m'y abandonnais; mais un matin on me parla d'un camp de bohémiens dans la forêt de T..., à huit ou dix lieues de N... Une heure après j'étais en route pour la forêt.

Ma première jeunesse avait été fortement impressionnée par les errantes apparitions des bohémiens à Kiew.

Je les rencontrais se promenant familièrement dans les rues et offrant aux passants des amulettes, ou, sur les rives du Dnieper, accroupis dans quelque creux de rocher, le menton sur les genoux, et regardant les plages jaunâtres et désolées des côtes opposées de leurs yeux fauves et rêveusement tristes.

Le soir, les femmes dansaient avec des jupes décorées de morceaux d'étoffe rouge découpés en cœurs.

C'étaient là de terribles, de mystérieux morceaux d'étoffe, et des danses méchantes, enflammées d'hystérie.

L'air s'embrasait à leurs tournoiements lascifs et des cœurs piqués sur leurs corps vivaces de roses gouttes de sang semblaient perler.

A la sortie de ces bals, elles couraient de la ville à travers la plaine, vers le camp dont les feux brillaient comme de grandes et rouges étoiles.

Ces caravanes d'êtres étranges qui gardent sous tous les cieux leur paresse rêveuse, leur rébellion aux jougs, leur amour de la solitude, m'attiraient avec un charme maladivement irrésistible.

Je ne comprenais ni le mépris, ni le dégoût dont ils étaient l'objet.

Il est vrai que je ne les comprends pas plus aujourd'hui.

Je n'avais jamais entendu de musique tzigane. Quelques femmes chantaient à Kiew des couplets bohémiens en russe et sur des mélodies du pays ; mais en Russie comme en Valachie, les Bohémiens cultivent peu et mal la musique ; leurs chansons, qu'ils accompagnent d'une mauvaise guitare ou d'une espèce de mandoline, dépourvues d'originalité, sans verve, sans élan, ne laissent aucune impression précise.

On m'avait dit des merveilles du génie musical des tziganes en Hongrie.

Me voilà donc chevauchant vers la forêt. J'y arrivai après six heures de marche, et tout aussitôt je m'y perdis, — sans trop de regrets.

J'errai longtemps; un grand rideau noir sur ma tête, — plus loin, à une profondeur qui n'avait pas de limites, un ciel uni pareil à une conque de saphir; des brises chaudes montaient du sol avec je ne sais quelles bonnes odeurs confuses, les arbres, agités doucement, ondoyaient avec des rayons d'or dans leur feuillage; sous les pieds du cheval, le froissement des feuilles mortes se mêlait à des chants d'oiseaux, à des bruits d'eau courante sous la mousse.

Le soleil déclinait lorsque mon cheval donna des signes de joie comme à l'approche de l'homme, et nous débouchâmes sur une clairière.

Les bohémiens étaient là pêle-mêle, gens, chevaux, chariots, sur un terrain battu, brouté, avec des places noircies par le feu, et couvert de débris sales, de plats de bois, de gamelles, de poterie grossière, de tessons, d'os rongés, de pelures de légumes. Parmi tout ce désordre de choses noirâtres quelques coffres carrés aux vives couleurs, des lambeaux d'éclatantes étoffes.

Un chien jaune à museau pointu, à oreilles droites se tenait à l'entrée de la clairière; de mai-

gres petites filles allumaient un feu que la brise
éparpillait en langues de flamme, sous des pieux
ajustés en triangle qui soutenaient une marmite.
Je pensais déjà aux nourritures bizarres et sus-
pectes que Goya jette dans les chaudrons des sor-
cières de Barahona, lorsque je vis une bohémienne traîner prosaïquement vers la marmite un
paquet de poulets liés ensemble par les pattes et
poussant des cris de détresse.

Groupés confusément sur le sol pelé, les hommes fumaient : les uns rassemblés sur eux-mêmes
et le menton sur leurs genoux ; d'autres la nuque
appuyée contre un arbre ; d'autres penchés sur
le coude, les doigts passés dans leur chevelure
inculte. Tous avaient cette pureté de traits, cette
noblesse nonchalante, avec un air de mélancolie
pensive, attribut des races vierges de tout mélange ;
des yeux d'un calme brûlant, d'une passion endormie.

Çà et là des vieilles horrifiques, le visage brûlé,
rouillé, tanné, et dont les yeux seuls avaient gardé
leur éclat d'étoiles, étaient accroupies, entourées
de marmots dans l'état le plus primitif, avec de
gros ventres et des membres grêles.

De grandes filles aux yeux orientaux faits de nacre et de jais, aux joues fermes et polies comme du basalte, de formes vigoureuses, faisaient face à l'horizon vide et se découpaient avec dureté sur le bleu du ciel. Plusieurs d'entre elles étaient vêtues de drap écarlate, avec de petits corsets couverts de métal, des chemises lamées, pailletées de broderies, une profusion de verroteries ; au centre il y en avait une, dépassant de toute la tête ses compagnes, et qui sortait de ce milieu comme un rêve sort des trivialités de la vie. Son visage était d'une finesse et d'une suavité d'ovale inconnues parmi nous, avec des yeux aimantés, inquiétants, qui faisaient rêver à des vices splendides ; un turban noir serrait ses cheveux noirs ; une chemise d'une éclatante blancheur s'entr'ouvrait sur sa poitrine saillante ; elle avait au cou, entortillé cinq ou six fois en collier, un long chapelet de fleurs jaunes ; aux mains des grappes de mêmes fleurs.

Les rayons rouges du soleil couchant éclaboussaient le bivouac avec une fantaisie, une furie d'effet sans pareilles.

La nuit tomba, et toute couleur disparut. Le

feu flambait maintenant, et des yeux luisants, des dents blanches, des mains mobiles émergeaient au hasard de l'ombre. En dehors du campement on ne voyait ni ciel, ni terre, ni arbres.

J'avais exprimé aux bohémiens mon désir de les entendre jouer, mais le silence avait répondu à mon appel. Hommes et femmes, étendus à plat ventre autour du foyer, buvaient l'eau-de-vie que j'avais fait chercher au village voisin.

Soudain une note étrange, longuement soutenue, me fit dresser l'oreille. Elle vibrait comme un soupir du monde surnaturel.

Une autre la suivit, soumise, désolée, évoquant des choses terribles.

Une pause survint, et un chant divin, large et sombre, se développa avec majesté. Les sons montaient, ondulaient, s'enflaient, comme un immense choral, avec une pureté, une noblesse incomparable de lignes. Il y avait là, pareils à des rayons d'étoiles brisées, tantôt éblouissants, tantôt sinistres, des souvenirs de ruines, de tombeaux, et d'amour, de liberté perdus. Une nouvelle pause, et des strophes d'une allégresse effrénée éclatèrent.

On retrouvait encore la phrase principale, mais se détachant comme une fleur de sa tige sous des myriades de notes ailées, des touffes de sons vaporeux, de longues spirales de fioritures transparentes et comme prismatiques ; elle revenait en rhythmes syncopés, pleine d'hésitation et de trouble, ou s'élançant d'une allure franche et franchement colorée.

Cependant les violons devenaient toujours plus hardis et plus impétueux.

Le vertige s'emparait des sens ; je m'étais levé, je regardais ces hommes debout, fermes et assurés, qui appuyaient les violons sur leurs poitrines comme pour y verser tout le sang de leurs cœurs, je suivais les mouvements de leurs archets qui fouettaient l'air comme avec des formules magiques, je me sentais oppressé, dans mon angoisse j'aurais voulu arrêter ce débordement, lorsque, par un renversement ingénieux, le motif douloureux et sombre du début se transforma en une mélodie gracieuse, merveille poétique.

Les sons passaient rapidement comme des étincelles sonores. Ils s'éteignirent aussitôt ; une féroce violence anima les dernières mesures, et les bohémiens déposèrent leurs archets.

Ils les reprirent bientôt, devinant un auditeur ému.

Les heures se passaient, de larges étoiles s'allumaient à tous les coins du ciel, le feu s'enveloppait de longs tourbillons de fumée et j'écoutais toujours.

Les bohémiens chantaient d'amour et de tourments d'amour, et c'étaient des larmes et des sourires, des soupirs et des râles, des sons caressants comme des chants de berceuses, des sifflements de vipères. De vagues désirs, une tristesse irrémédiable envahissaient le cœur; il semblait que de blessures ouvertes, de chaudes et rouges gouttes de sang tombaient une à une.

La musique cessa, les hommes se recouchèrent et je quittai le camp, emportant la révélation d'un art aux vertigineuses conceptions d'âmes passionnées et primitives, et la certitude, qu'après avoir entendu ces larges mélodies qui rêvent pareilles aux grands lacs océaniens, ces accents altiers et puissants comme les arbres géants des forêts vierges, je ne m'accommoderais jamais des pe-

tits bocaux où nagent de pauvres petits poissons, ni des petits parterres où fleurissent des
marguerites.

Trois points principaux déterminent le caractère de la musique bohémienne : ses intervalles
inusités dans l'harmonie européenne; ses rhythmes essentiellement bohémiens; ses fioritures
orientales.

Les tziganes prennent dans la gamme mineure
la quarte augmentée, la sixte diminuée et la sep-
tième augmentée. C'est par l'augmentation fré-
quente de la quarte que l'harmonie acquiert des
chatoiements d'une audacieuse et inquiétante
étrangeté.

Le musicien civilisé, choqué, commence par y
voir de fausses notes. « — Ce serait beau, si c'é-
tait bien, dit-il, mais les règles ! » Il y a une re-
cette pour le beau, tout comme pour la limonade
purgative.

Les rhythmes ont pour loi de n'avoir pas de
loi. Leur abondance est incalculable. Les bohémiens passent du mouvement binaire au ternaire
avec un à propos si heureux; par des combinaisons
de rhythmes de trois temps en trois temps, ils

opèrent des transitions d'un effet si enivrant et si solennel, qu'on ne saurait imaginer les rares beautés qui résultent de cette richesse.

Quant aux fioritures, elles donnent à l'oreille tous les plaisirs que l'architecture mauresque donnait aux yeux; les architectes de l'Alhambra peignaient sur chacun de leurs *azulejos* un petit poëme gracieux; les bohémiens ornent chaque note de dessins mélodieux, de luxuriantes broderies.

Tout va bien jusqu'ici. On peut jusqu'à un certain point expliquer le mécanisme des effets heurtés, des reliefs bizarres, — mais la flamme impalpable du sentiment tzigane, ce sentiment dont le charme étrange, subjuguant, est une animation vitale, presque adéquate à la vie elle-même; le mystérieux équilibre qui règne dans cet art sans discipline, entre ce sentiment et la forme, — comment les décrire?

Mystère du génie qui porte en lui son inexplicable puissance d'émotion, et que la science et le goût nient en vain!

L'Allemagne au nom de la science a banni

Liszt ; au nom du bon goût la France a dédaigné Berlioz.

Le bon goût ! ah mon ami, si le bon goût était une personne, comme j'irais le pourfendre, dussé-je y mettre deux ans comme Tristan le Roux pour descendre le Sarrasin au tombeau.

Il semblerait que dans cette société moderne où l'on fait sonner haut et souvent les grands mots de moralité, de vérité, de liberté, de justice, rien ne serait plus aisé que de rencontrer des hommes marchant franchement vers la lumière, accueillant toutes les manifestations artistiques avec un égal amour, étudiant dans ces manifestations un certain état du génie humain, retrouvant dans chaque œuvre un homme, un homme qui donne sa pensée, son cœur, sa chair, son sang, et le prenant, l'acclamant cet homme — Delacroix ou Berlioz, Liszt ou un bohémien, avec ses émotions, ses amours, ses joies et ses douleurs.

Eh bien, mon pauvre ami, rien de plus difficile.

Entre les pensées et les sentiments, les idées et les passions, les paroles et les actes de la société moderne, il y a une contradiction qui est pour le confiant, le naïf, une source de très-funestes surprises. Cette société se sert de mots riches, pour déguiser le néant, la nullité de ses facultés, de son tempérament, usés, pire qu'usés, pourris.

Il n'y a ni moralité, ni probité, ni souci de vérité et de justice, chez ces appréciateurs de la libre pensée, ces juges de l'œuvre humaine, ces octroyeurs de la gloire, à qui nous avons dévolu la charge de nous éclairer (?) de nous instruire (?), et qui, gagés par les coteries, plantent autour du petit champ, où chaque coterie sème la banalité et la platitude à pleines mains, la haie protectrice de leurs applaudissements.

Quand j'étais jeune et sans expérience, je me consolais avec ce beau vers de Byron : « Les « ondes se succèdent, elles se brisent une à une « sur la plage et s'envolent en poussière; mais la « mer marche toujours. »

Aujourd'hui je sais que la mer n'avance guère, et je me console avec l'idée que les renommées des célébrités actuelles s'évaporeront sans laisser de trace ni d'écho, comme le hennissement des chameaux qui traversent les sables du désert.

Depuis mon retour de la forêt, je suis poursuivi opiniâtrement par le souvenir du peuple d'Égypte.

Sur le fond brumeux de mes rêves, les Bohémiens se profilent avec leur teint hâlé, l'énergie de leurs physionomies, leurs attitudes impassibles; j'entends leurs chants incomparables, aux rhythmes si fiers, aux accents si éloquents; couleurs et sons disparaissent, les lignes se troublent, — je m'éveille, et je bats les environs pour retrouver un orchestre tzigane.

Mais plus de tziganes. C'est le baron Rosti qui nous est arrivé pour les remplacer; un mélomane et flûtiste enragé.

Il joue toujours : « O douce étoile, feu du soir, » du Tannhauser, et c'est de la suivante façon : Je me mets au piano et j'exécute les quatre mesures du commencement : « Tram, pam, pam, pam...» etc. A la quatrième mesure, le baron se met en position, embouche son instrument et fait mine de commencer. Ses joues se gonflent, s'empourprent, il souffle, il pousse, rien ne sort. Il regarde alors dans l'intérieur de la flûte, n'y découvre rien et souffle avec rage; pas un son.

— Recommencez, dit-il ; et pendant que je ré-
pète les quatre mesures, mon homme place sa
flûte entre ses jambes, tout comme la *grande cla-*
rinette qui fonctionnait à un concert de Döhler et
dont Berlioz raconte si plaisamment l'histoire,
puis il promène dans le tube un écouvillon qu'il a
tiré de sa poche.

Le temps se passe et les quatre mesures aussi ;
alors de nouveau : « recommencez », et tirant
d'une autre poche un canif, il se met à gratter
précipitamment l'embouchure de la flûte.

Enfin il croit avoir gratté suffisamment, réem-
bouche son instrument, souffle et sue, quand un
suprême effort expulse le couac le plus terrible qui
ait jamais déchiré les oreilles.

Nous rions, et le baron dit tranquillement :
« — C'est un accident ; vous entendrez demain,
« O douce étoile, feu du soir, » c'est divin. »

J'ai retrouvé les bohémiens à une fête que donnait un ami de László, dans le comitat de Tolna.

Le dîner a été interminable, et les vins glo-
rieux. On a mangé et bu vertement, après quoi
on a pris le café sur la terrasse du château.

Le ciel était ce soir-là d'un bleu laiteux teinté

de rose; les champs qui s'étendaient à perte de vue offraient aux regards une nappe d'or pâle, les montagnes ondulaient avec une douceur infinie comme de longues houles d'azur.

J'oubliai tout, jusqu'aux bohémiens annoncés.

A ce spectacle, depuis quelques minutes, je vivais dans le passé. Une autre vallée de la plus fraîche verdure, un lac d'un bleu foncé, se déroulaient devant les yeux de ma mémoire comme une scène d'idylle. Derrière le lac, des prairies embaumées, un labyrinthe de forêts; au fond la Jungfrau, drapée de son éternel linceul d'une blancheur immaculée et éclatante.

A quelques pas de moi, on chantait une ballade allemande, *La fille de l'hôtesse et les trois compagnons*, dont l'un disait : « Oh, si je l'avais connue, comme je l'aurais aimée! » et le second : « Je t'ai connue et je t'ai tendrement aimée; » mais c'est moi qui achevai : « Je ne t'ai pas connue, mais je t'aime et je t'aimerai pendant l'éternité. »

La note frissonnante d'une *zymbale,* qui partait d'un massif au pied de la terrasse, vint m'éveiller.

Au même moment, la comtesse K...yi, qui ne manquait aucune fête, s'approchait et me disait :

— Farkas Miska et sa bande !

Farkas Miska ! le bohémien des salons de l'aristocratie hongroise, qui ne donne pas une fête sans lui.

Le concert commença par le *Szozat*, chant national hongrois, chef-d'œuvre de style, de noblesse, de vigueur, et plein de cette tristesse mystérieuse qui traverse ici toute musique.

L'hymne chantait les vieux combats de la liberté, les anciennes batailles, les exploits de la chevaleresque nation, et la Hongrie, détachée du cadre du présent, reculait toujours plus fière et plus glorieuse dans la demi-teinte du passé.

De chaleureux applaudissements couvrirent le triomphant final.

Des *Lassan*, des *Hongroises* suivirent.

Vers la nuit, on invita la troupe à prendre des rafraîchissements, et Farkas Miska monta au salon. C'est un homme de quarante-cinq ans, très-grand, très-maigre, avec beaucoup de dignité d'allure, le teint jaune ardent, la physionomie impérieuse et douce à la fois, les yeux très-beaux.

Je l'observai curieusement. Il se promenait fier, nonchalant, muet, à travers la foule qui commençait à remplir le château.

Plusieurs personnes lui parlèrent ; il les regardait vaguement, et sans répondre poursuivait sa promenade.

Après avoir fait quelques tours ainsi, il remarqua pourtant la comtesse K...yi, et, marchant droit à elle, lui adressa la parole.

Je m'approchai hardiment et demandai au bohémien le motif qui le poussait à converser avec Mme K...yi, plutôt qu'avec les autres.

Il me regarda un moment et répondit :

— *Van lelket* (elle a de l'âme) ; il ajouta : — *te is* (toi aussi). Puis il nous tourna le dos. Je me sentis très-flatté.

Le lendemain de très-bonne heure, un grand bruit dans la chambre voisine de la mienne me réveilla : battements des portes, des fenêtres, déplacement des meubles. Ce remue-ménage cessa enfin. J'allais me rendormir, lorsqu'on frappa à ma porte.

Un joli garçon, tout blond, tout mouton, qui me fit l'effet d'une fille déguisée, entra :

— Monsieur, je suis Plotenyi Nandor, disciple fervent de Remenyi Ede, qui arrive et vient de s'installer dans la chambre voisine.

— Très-bien, monsieur. Est-ce pour décliner votre nom et votre ferveur que vous venez m'empêcher de dormir ?

— Non, c'est pour vous prier de vous habiller et d'aller vous promener.

Le mouton disait cela avec un petit air décidé qui lui gagna mon estime.

— Comment, d'aller me promener ?

— Oui, monsieur, Remenyi Ede, mon maître, a exprimé la volonté de travailler dès le matin, et tout voisinage lui est importun.

— Allez-vous-en au diable, vous et votre maître, Remenyi Ede !

Le mouton devint pourpre et se mit à trembler de douleur.

— Oh ! monsieur, monsieur, lui au diable, lui, le grand violoniste, le successeur de Csermak, de Bihary !...

— Votre maître est bohémien ?

— Non, monsieur, mais il est le seul d'entre les violonistes actuels qui possède la tradition authentique de la musique bohémienne.

— J'aime cette musique, lui dis-je, et c'est pourquoi je me lève. Je descends au jardin.

— Oh non, monsieur, allez dans les champs. Tenez, — et il ouvrit une fenêtre, — tout le monde a déjà quitté le château.

En effet, le maître de la maison et tous ses hôtes défilaient par la porte du jardin. Ils n'avaient pas dormi trois heures.

Je les rejoignis et tout le monde à la fois se mit à me raconter l'histoire de Remenyi.

A dix-sept ans il avait été attaché en qualité de virtuose à la personne de Gyorgey, durant la guerre de Hongrie. Il jouait du violon avant et après le combat. Quittant son pays avec l'émigration, il avait partagé l'exil du comte Teleki Sandor et d'autres vaillants, puis passé quelque temps à Guernesey, où il connut Victor Hugo. De là, il était allé se faire entendre à Hambourg, à Londres, en Amérique, marchant de succès en succès. Revenu en Hongrie, sa renommée ne fit que grandir. Il voyagea quelque temps, traver-

sant le pays en tout sens, émerveillant l'aristocratie et les paysans, et jouant avec le même brio
et la même poésie dans les granges que dans les
palais.

Je m'esquivai et rentrai dans le jardin, où je
me blottis dans un massif de noisetiers.

Remenyi jouait, il jouait... un concerto de
Bach!

Je l'accablai des plus violentes malédictions.
Comment! c'est pour jouer un concerto de Bach
que ce faux Rommy m'avait fait lever, m'habiller
et courir les champs dès l'aurore!

Il parut à déjeuner; c'était un homme de tournure et de traits vulgaires, ni grand ni petit
de taille, ni maigre ni replet. Son visage cherchait à exprimer un certain dédain, mais il y
avait quelque chose de débonnaire dans le regard,
les mouvements et la voix.

— Remenyi a bien travaillé ce matin, nous dit-il
après déjeuner.

(Il n'ouvre la bouche que pour faire son éloge
et ne parle de lui qu'à la troisième personne.)

— Oui, un concerto de Bach, lui dis-je. J'avais
ce concerto sur l'estomac.

2.

Il se redressa :

— Remenyi joue aussi autre chose, — et, appelant Nandor, il demanda son violon.

Vingt personnes coururent le chercher.

Remenyi joua une hongroise, et, dès les premières mesures, le vaniteux disparut. La passion délirante, la verve dévergondée, la magie des ornements veloutés, aériens des tziganes, tout y était.

Sa main n'hésitait jamais; il avait toutes les qualités de l'imagination : mouvement, couleur, éloquence, et toutes celles de la science : clarté, justesse, certitude, dominées par une inspiration passionnée qui faisait son génie. Aussi, dans les pétulances terribles lancées à toute volée, comme dans l'ardeur concentrée des accents pathétiques et la grâce suave des phrases mélodieuses, son jeu restait toujours ample, large et sculptural.

Il déposa son archet, souriant comme un enfant.

La musique avait opéré en lui un changement merveilleux; il se montra tout à coup naturel, ingénu.

De temps en temps il reprenait son violon. Il

nous fit entendre, entre autres choses, la scène de bal de *Roméo et Juliette*, de Berlioz.

Ce fut un magique enchantement.

Nous étions en Italie : la lune argentait de silencieuses allées de cyprès, de blanches statues de marbre scintillaient, on entendait le clapotement des fontaines ; puis un beau palais apparaissait, tout lumière et musique, une foule se pressait sous ses lambris dorés en masques et en brillants costumes ; le vent de la nuit apportait dans le jardin de gais accents de danse. Mais tout cela passait rapidement et Juliette disait maintenant : « En vérité, je t'aime trop, beau Montaigu. »

Comme je remerciais le grand artiste, en lui exprimant toute mon admiration pour son génie d'exécution, il répondit :

— Pourvu que Remenyi s'approuve !... et il acheva sa phrase d'un geste expressif.

Il joua encore un duo avec Nandor, puis, marchant gravement vers la pendule qui se trouvait sur la cheminée, il arrêta le balancier et, se tournant vers le maître de la maison :

— Que cette aiguille, dit-il, marque éternellement l'heure où Remenyi a joué chez vous !

Horvath Karoly à qui il s'adressait se mit à pleurer d'attendrissement, et tout le monde embrassa à tour de bras Remenyi.

Le lendemain, par je ne sais quel esprit de perversité, il se remit au concerto de Bach.

Comme après tout il était sensible à une admiration que je ne cherchais guère à déguiser, il m'invita d'une façon pressante à aller passer quelques jours dans sa maison de Rakos-Palota aux portes de Pest.

Nous partîmes ensemble, voyageant à petites journées. Sur notre route Remenyi s'arrêtait dans tous les villages, toutes les villes, tous les châteaux.

Partout où il était connu, on le fêtait, choyait; partout où il était inconnu, il n'avait qu'à se nommer, et portes et cœurs s'ouvraient largement.

On m'a raconté qu'un jour il avait commandé une paire de bottes dans une petite ville où il venait de jouer. On les lui apporta avec la note acquittée par la municipalité.

C'est que l'art est une gloire nationale ici, — l'art bohémien surtout, qui plonge au cœur de la

Hongrie et dont les racines s'enlacent aux fibres du sol même.

Une question aussi intéressante que difficile à résoudre est constamment soulevée en Hongrie.

La musique nationale hongroise appartient-elle aux bohémiens, ou les bohémiens ne sont-ils que les exécutants, les déclamateurs d'une poésie qui appartient en propre à la Hongrie?

Il y a des faits qui prouvent que les bohémiens étaient déjà en Hongrie au XIIIᵉ siècle (rien ne prouve qu'ils n'y fussent pas antérieurement) et des noms d'exécutants bohémiens, célèbres déjà au XVIᵉ siècle, se sont conservés dans la mémoire du peuple. Or, on ne cite pas une individualité hongroise de ce temps.

Le plus ancien monument de musique hongroise, — les mélodies de Tinody Stephens, sans originalité, sans valeur, publiées en 1554 à Klausenburg, — n'offre d'autre attrait que celui de l'antiquité.

En outre, les chroniqueurs ou les auteurs anciens traitant de l'art bohémien, ne parlent jamais de la nationalité magyare, des airs tziganes, ni ne présentent les bohémiens comme simples exécutants d'une musique étrangère.

M. Gabriel Mattray, très versé dans cette partie de l'histoire de la musique, écrit même :

« Les Hongrois bien élevés, ne s'adonnèrent
« jamais à la musique nationale, surtout à la com-
« position dans ce style (?), c'est pourquoi la musi-
« que hongroise n'a pu être conservée et popula-
« risée que par les bohémiens. »

Pour moi, après avoir entendu les tziganes, je n'ai pas conservé le moindre doute que leurs facultés ne sont pas seulement d'exécution, mais aussi de création.

L'art bohémien sort du sentiment, du génie bohémien même. Cet art est trop étrange, ses éléments sont trop sauvages pour être le produit exclusif d'un peuple réfléchi, sage, croyant, pratiquant, cultivé, lettré, d'un peuple civilisé.

Mais les Hongrois ont eu la compréhension de cet art, ils l'ont environné d'amour et de respect. Réchauffé, vivifié, acclamé par la Hongrie, il lui appartient de par l'admiration et les larmes sympathiques qu'elle lui donne.

Nous arrivâmes enfin à Rakos-Palota.

La maison de Remenyi est une longue bâtisse, assez vulgaire, que précède une cour malpropre, livrée aux poules, canards et cochons. Elle est ornée sur le devant de maigres peupliers, qui ressemblent moins à des peupliers qu'à des points d'admiration et que je soupçonne d'avoir été plantés là à bon dessein.

A l'intérieur, c'est une longue galerie divisée en compartiments et contenant un amoncellement d'objets rares et précieux, tous cadeaux, où la valeur historique vient s'ajouter à la valeur matérielle.

Il y a là des joyaux curieux, des bagues antiques, des chaînes d'or à désespérer l'art des orfévres modernes. Des crédences en chêne sculpté supportent tout un monde de vases, de pots, de hanaps, de gobelets, de puisards, de flacons, de cruches. Et quels pots! De trois ou quatre pieds de hauteur et qui n'ont pu servir qu'aux *beuveries* de Rabelais. Un arsenal d'armes complet; de vieilles pièces de monnaie, des croix d'argent oxydé, bizarrement fouillées, des manuscrits rarissimes; des aquarelles, des tableaux anciens et modernes tapissent les murs.

Mais savez-vous ce qu'il montre surtout avec orgueil ? C'est une paire de bottes de Liszt enfant, et son sabre hongrois.

Tous les jours nous avons du monde. C'est un monde qui n'a souci que de vie, de lutte, de fièvre ; artistes, peintres, sculpteurs, musiciens.

Ils nous apportent leur gaieté aux francs rires, leur pauvreté vaillante, leurs esprits fermes, leurs cœurs remplis de flammes et de caprices. Ils dissertent, ils chantent, parfois ils écoutent, puis ils s'en vont comme ils sont venus, le sourire aux lèvres, le feu dans les yeux et de l'espoir plein le cœur.

En France, en Allemagne, dans chaque ville, cent propositions se heurtent et se brisent, cent écoles s'injurient, cent religions croupissent dans l'étroite mare de leurs dogmes.

Ici, dans un large horizon, une seule pensée, comme un rayonnant soleil, monte, remplit le ciel et luit. C'est la pensée de l'art, immortellement vrai, éternellement nouveau.

A LA PRINCESSE MARIE M...

II.

A LA PRINCESSE MARIE M...

Skole, 186...

Vous rappelez-vous, Madame, notre dernière soirée chez Soutzo, l'intarissable et charmant causeur, dans son luxueux *cottage* à deux pas d'Odessa, sur les bords de la mer Noire?

Nous étions dans le salon-verandah, dont le large portique encadrait l'air bleu et la mer aussi bleue que l'air.

Les derniers rayons du soleil entraient librement et se posaient comme des étincelles sur les boiseries de sapin, où s'épanouissaient des fleurs étranges, férocement bariolées et tigrées de cou-

leurs métalliques, au feuillage bizarrement découpé, d'un vert noir inquiétant et morbide,
autour desquelles voltigeaient des oiseaux fabuleux et des papillons chimériques. Sur le fond
couleur de topaze brûlée de la tenture, ils rayaient
d'or des eaux qui n'étaient certes classées dans
aucune géographie, où pêchaient des cormorans
difformes, parmi des jonques voguant vers de
merveilleux pays.

Quatre petits nègres nous offraient le café dans
des coquilles de nacre sculptées en tasses ; de
petites négresses parées de bijoux curieux, de
ceintures en plaques de métal, avec des anneaux
d'or à la cloison des narines, présentaient aux
fumeurs, l'une, la pipe à long tuyau de jasmin
ou de cerisier ou le houka d'argent ciselé ; l'autre,
deux sortes de tabacs, le blond découpé en guipures et le tabac opiacé mélangé de benjoin et de
confitures de roses ; une autre tenait une petite
lampe de lave rapportée d'Italie, — la quatrième
s'agenouillait avec une souplesse de couleuvre
pour supporter sur son épaule le poids de la pipe
pendant qu'on l'allumait.

Les hommes, les femmes entouraient des tables de toutes les dimensions et recouvertes de tapis en brocart de Borhanpor, où des livres, des journaux et des albums, humaines ménageries, coudoyaient un éblouissant chaos de toutes les brillantes fantaisies, de toutes les futilités heureuses que manient si gracieusement les mains féminines, arrosoirs à parfums, bonbonnières en émail, miroirs à manches d'ivoire, éventails semés d'oiseaux bleus, couleur du soleil, couleur de la lune.

Le vôtre était couleur du temps, azur, tramé d'or rouge et terminé par une racine de mandragore fouillée avec une amoureuse dextérité, à faire pâlir tous les manches d'éventail classiques.

Vous faisiez une partie d'échecs avec ce merveilleux jeu en agate, bijou triomphal de la collection de curiosités de Soutzo, et possédant toutes les vertus, car le prince Repnine, votre adversaire, se trouva ce soir-là de votre force.

Je vous regardais, délicieusement attrayante dans votre longue robe de satin de Venise, jaune pâle aux reflets chatoyants, relevant avec une grâce d'enfant les dentelles qui encadraient vos poignets, pour faire avancer du bout d'un doigt les pions sur l'échiquier.

C'est là que Soutzo se mit à chanter. Il chanta à demi-voix une mélodie de Gounod, que je déteste. Que voulez-vous, on nous appelle barbares, — mais la civilisation ne nous apporte que ses disgrâces.

Cette mélodie, d'une pauvreté crispée, grinçait à l'oreille, à la magnifique harmonie de ce salon, si loin du commun et de l'effacement des salons de l'Occident, où la richesse même du millionnaire est étriquée et liardeuse.

Je me sauvai sous le portique.

Le lourd silence des heures brûlantes pesait encore sur l'atmosphère. Par intervalles seulement, un souffle frais, montant de la mer, faisait frissonner les rizières.

Des tons de citron pâle baignaient les dernières bandes de l'horizon, sur lequel se détachaient en noir les vagues heurtées dans un puissant murmure.

La nuit tombait avec sa brume d'azur et d'argent, ses parfums que balançait un vent tiède et cet élargissement de l'horizon qui, dans la demi-transparence des nuits de la Russie méridionale, dégage, avec un frissonnement de vie admirable, le plus vaporeux lointain.

Je descendis l'escalier de bois de sandal, dont la dernière marche se baignait dans la mer.

Elle roulait à mes pieds ses flots opalins. Sur ma tête le ciel roulait des flots d'étoiles. Par les portes ouvertes le timbre d'argent de votre voix m'arrivait.

Soutzo chantait toujours la mélodie de Gounod.

Quelques minutes après, Alexandre W. vint me rejoindre. Il me dit qu'il quittait Odessa et retournait en Gallicie dans ses terres situées au pied des Carpathes.

— Est-ce beau, les Carpathes ? demandais-je indifféremment.

—Je ne sais, répondit Alexandre ; il y a d'abord des collines, puis des montagnes après les collines, ensuite le Zelemin, qui dépasse de sa tête chimérique les montagnes ; d'impénétrables profondeurs de forêts, où les ours peuvent à peine se glisser, des vallons de puissante verdure, des torrents bordés de fougères qui descendent le flanc des montagnes comme des nappes d'argent, et tombent avec le grésillement d'une cascade de perles dans la plaine ; beaucoup d'animaux et peu d'hommes ; de loin en loin quelque hutte de berger et un hangar où l'on parque les moutons les jours de pluie.

Il parla encore quelque temps, mais je n'écoutais plus ; je n'entendais que le son monotone de ses paroles. Je voyais les Carpathes dans une splendide vision de grandeur et de solitude ; j'y étais ; j'y vivais.

Je me sentis soudainement las de cette vie d'évanouissement sous l'énervante influence d'un climat aux caresses de torpille, las de paresse et de vagues rêveries conseillées par les parfums endormeurs des fleurs de serre ; las des flots d'azur de la mer et des flots d'or du soleil, las de tous les désirs apaisés sans effort ni fatigue.

Et comme le palmier, qui, dans une des chansons de Heine, rêve des neiges du pôle sous le ciel torride de l'équateur, je me mis à rêver de vie rude, de courses sauvages à travers le vent, la pluie et les tonnerres des montagnes, de l'effarement de la solitude, des ténèbres où brillent seulement les tisons ardents des yeux des fauves.

Je rentrai en murmurant le mot : Carpathes ; ou plutôt une voix mystérieuse me répétait ce mot toujours plus net et plus haut, avec une véritable obsession.

Le salon me parut tout autre.

Était-ce parce que, depuis trente jours, je voyais tous les soirs les mêmes hommes, les mêmes femmes, les mêmes ravissants colifichets, les mêmes fleurs fabuleuses, et les mêmes eaux avec leurs jonques voguant vers de merveilleux pays ?

Je commis plusieurs crimes ce soir-là ; je tordis le cou au lori familier, qui sur son perchoir d'érable entonnait un chant de joie lorsqu'on l'approchaît ; je coupai la tête à une large fleur de l'Inde ; j'écrasai une cassolette de parfums en émail.

Le lendemain on m'attendit en vain, on me chercha inutilement quelques jours. On finit par m'oublier, ou à peu près.

Je ne veux pas qu'on m'oublie tout à fait, et je vous écris.

Quarante-huit heures après mon départ d'Odessa, j'étais installé sur une banquette d'impériale, grelottant de froid et dominant un assez pauvre paysage.

3.

A perte de vue s'étendaient des terres labourées, un pays plat, sans accidents de forme, de lumière et de couleur.

Toute la journée le temps se montra maussade. A chaque relai je superposais des cabans à des paletots et demandais : à quand les Carpathes? On me montrait invariablement une mince barre d'un gris violâtre qui montait à l'horizon.

Vers le soir enfin, les nuages qui avaient barbouillé le ciel de toutes les variétés possibles du noir, se déchirèrent; une zone lumineuse tomba sur un immense panorama; — en face de moi, la belle vallée qui descend, pénètre au cœur de la Hongrie; de chaque côté du val, des pentes boisées de sapins et de hêtres, plus haut des cimes veloutées de genévriers, des pics argentés de neige, des roches effritées, dorées des beaux tons roux et vermeils; dans le val, un torrent sur un lit de pierres blanches, des maisons aux toits de chaume, aux fenêtres basses et étroites, bâties avec les cailloux du torrent.

La diligence me déposa devant un pan de muraille écroulée, où le conducteur tout en fouettant ses chevaux m'assura que je trouverais un gîte.

Un logement dans un débris de muraille ! Je me disposais à marcher vers les petites lumières commençant à piquer l'obscurité de points rougeâtres, qui annonçaient la proximité d'une bourgade, lorsqu'un homme parut, une lanterne à la main. Il me fit signe de le suivre.

Un rudiment de construction en bois ébauchait à quelques pas de là son squelette. Une seule pièce, faiblement éclairée, où d'étranges silhouettes se découpaient aux vitres des fenêtres, semblait achevée.

J'entrai dans une salle encombrée de longues tables, de bancs de bois, de paysans et de juifs buvant la *wodka* (eau-de-vie de grain) dans des gobelets de fer battu. Une chandelle de suif brûlait avec peine dans une atmosphère méphitique. Deux femmes, en chemise de grosse toile, avec des jupes d'indienne et des mouchoirs de couleur noués sous le menton, sommeillaient sur un bout de planche dans un coin.

C'était la *gospoda* (hôtellerie) de Skole, petit bourg assis au pied des montagnes.

J'avais faim, j'avais soif, je mourais de sommeil, mais je tournai résolûment le dos à la chance

« d'une réparation de dessous le nez, » dans cet immonde taudis, je renonçai au banc de bois, qu'avec l'indifférence asiatique professée par les Slaves à l'endroit du coucher, on m'aurait offert pour dormir, et je m'enfonçai bravement dans la nuit.

La route serpentait à travers le village. Il n'y avait qu'escarpements et descentes avec des pierres roulantes sous les pieds.

Tous les feux étaient maintenant éteints, les portes et les fenêtres closes.

Tout à coup, au tournant d'une maison, une très-vive lumière dans le lointain me frappa comme une flèche éblouissante.

Je quittai la route et me dirigeai vers elle, m'engageant dans un jardin potager que je pris pour le vallon dans la pénombre. Je trébuchai contre des choux, je tombai à mi-jambe dans une rigole que les lentilles d'eau, les conferves et autres plantes marécageuses recélaient le long des carrés, j'escaladai un mur d'ardoise et me trouvai devant une fabrique d'allumettes et le directeur de la fabrique.

Le gîte était trouvé. Le repas du soir aussi.

Le lendemain j'étais installé sur le coin d'une colline, dans un hangar abandonné des pâtres, qui, avec le beau temps, étaient montés dans les hauteurs.

Le directeur de la fabrique d'allumettes, M. Rey, tout effaré de cette lubie, se dépouilla gracieusement d'un lit de camp, d'une table, de chaises et de quelques nattes qui me firent une chambre inespérée.

J'ai encore sous les yeux la première soirée que j'ai passée en plein vent, en pleine rosée, les mille voix de la nature soulevant la rêveuse torpeur que j'avais apportée de l'Orient et faisant monter et me battre au cœur, avec un surprenant réveil, un torrent d'énergies.

Autour de moi, de tous côtés, à perte de vue, l'étendue des montagnes. Les plus proches montaient dans la lumière vêtues d'arbres et de verdure. Par derrière, une double rangée de pics dentelés levaient leurs têtes encore couronnées de neiges.

Partout des ravines, des fissures, des précipices, très-verts, très-vaporeux, avec des fleurs d'or et de velours ouvrant leurs cœurs dans les

fourrés d'herbes ; des vieux troncs d'arbres déra-
cinés par les tempêtes, feutrés de mousses métalliques, de noirs velours ; des rocs lézardés avec
d'admirables tons de métal bruni, de peau de lion,
dans la lumière, — des teintes de cendre verte, de
gris argenté, à l'ombre.

A mes pieds une gorge, et, dans un chaud
rayon de soleil, Skole assis entre des prairies
étincelantes et des champs de millet en fleur.

La gorge s'élargissait, — d'un côté, une file de
cônes gigantesques débordant en bosselures et sur-
plombant une route blanche qui tournait comme
un ruban, — de l'autre, des pentes arrondies, des
collines lustrées de liserons blancs et d'œillets aux
étoiles purpurines, descendaient doucement et
venaient poser leurs pieds dans l'eau du torrent.

Tout près de moi une cascade descendait comme
une traînée de lianes pendantes sur un quartier de
grès. Elle serpentait sur le dos de ma colline,
éparpillée, floconneuse, frôlant les longues et
blondes soies des anémones, les gentianes aux
étoiles d'azur ; puis, rencontrant des blocs de
pierre, écumait, se tordait. Quelques pas plus loin
elle s'apaisait et filait silencieusement vers un lit

de roche large et polie, où elle s'endormait verte, profonde.

Le fond de la gorge devint subitement sombre. La nuit tombe rapidement dans ces vallées. Les sommets pourtant resplendissaient sous de larges plaques d'or, et des pentes d'un rose ardent se profilaient sur la limpidité du ciel, charmantes et fantastiques.

Un parfum de verdure sauvage, parfum amer et salubre, arrivait avec la brise. Avec la brise aussi, montait le son des clochettes d'un troupeau de chèvres, qui traversait le plan incliné d'une clairière.

La nuit peu à peu gagna la montagne, et il se fit autour de moi comme un recueillement de la nature, un silence étrange, particulier, plein de passion tranquille, avec des frissons chauds et lents dans l'espace.

Je m'étais assis sur un tronc de sapin et j'écoutais.

Un à un, avec de légers bruissements, des voix sourdes, des bourdonnements mystérieux, le monde de la nuit, les invisibles de l'air, du fond de la terre, s'éveillaient, remplissant la forêt de vie.

Elle frémissait dans les touffes d'herbes, dans les feuilles que le passage des écureuils faisait tomber, dans les grains de sable que soulevait l'eau filtrée par les neiges des sommets.

Je ne sais combien de temps je restai ainsi.

Un bruit de branches cassées me fit lever en sursaut. Les ours! A travers les fentes des rochers j'aperçus des feux éparpillés à mi-côte dans la direction des terrains cultivés.

Quel imprudent oubli! M. Rey ne m'avait-il point recommandé, en me quittant, de préparer un grand feu devant mon campement, avant la tombée de la nuit.

Les ours abondaient, ils étaient affamés; l'hiver avait été très-rude.

L'obscurité était trop épaisse pour songer à faire du bois.

Je rentrai dans la hutte et en barricadai de mon mieux l'entrée; je chargeai ma carabine rayée et un fusil à deux coups, et les plaçant à portée de main je me jetai tout habillé sur le lit, bien décidé à chercher dès le lendemain matin un homme qui désormais allumerait ce feu indispensable et veillerait auprès.

A force de sonder de l'œil et de l'oreille les ténèbres, avec cet instinct dépravé qui pousse à ce qu'on redoute, je vis se mouvoir à mes côtés des masses sombres, et j'entendis distinctement les grondements étouffés des fauves. Mais comme ces images évitèrent de me faire sentir leurs griffes, je m'assoupis.

Un singulier phénomène se produisit dans mon sommeil.

Je rêvais que j'étais toujours assis sur le tronc de sapin. Le paysage, agrandi et comme solennisé par la magie du rêve, avait une énergie inaccoutumée de forme et de couleur. L'ardeur concentrée de ce coloris, l'harmonie, le balancement des lignes, se transformaient lentement, successivement, en rhythmes sinueux, en ondulations cadencées, sonores, en musique splendidement vivante et pourtant surnaturelle. Il y avait une note surtout, qui revenait inquiétante, insupportable, tant elle jetait dans l'espace d'angoisse et de mélancolie.

Je souffrais horriblement, mais je continuais à dormir.

Des accords d'une puissance illimitée m'éveillèrent enfin.

Ce n'était pas un rêve..... ils montaient avec le vent qui les redisait aux bois des pentes comme aux tuyaux d'un orgue immense, et les emportait par-dessus les monts.

J'éprouvai un enchantement plein de terreur, et tel que je courus à ma carabine.

Une modulation révélatrice termina le merveilleux morceau. Je reconnus la *mazurka* en mi mineur de Chopin.

Qui diable pouvait la jouer dans ce coin des Carpathes, à ce moment, et la jouer ainsi ?

Le virtuose inconnu la répéta.

Quel déchirement de l'âme que ces premières mesures ! Déchirement de l'âme et de la volonté, car Chopin les composa à l'heure où, blessé dans son amour et son orgueil, il enterrait l'orgueil mort, sans pouvoir se résoudre à jeter, dans la fosse encore ouverte, son vivant amour.

La *mazurka* en mi mineur, date de sa rupture avec une femme qu'il aima jusqu'à en mourir. Malade déjà avant cette fatale séparation, il aggravait son état par une quotidienne et sublime folie.

C'était en hiver ; or, tous les soirs, à la même

heure et quelque temps qu'il fît, il traversait tout Paris pour s'asseoir une heure dans le salon de Mme ***, qui n'avait osé lui refuser cette consolation suprême. Il y souffrait l'agonie. Puis, brûlant de fièvre, il repartait, par le froid malsain des rues boueuses, par le vent et la pluie, évoquant le passé et l'ancienne chambre de son pays, éclairée doucement par une lampe astrale de verre poli et tendue d'étoffe à fond argenté, où s'épanouissaient des feuilles de nénuphar. L'ameublement de cette pièce, les fauteuils, les tabourets, les tapis, étaient assortis à la tenture. Pas de glace au-dessus de la cheminée, mais une exquise étude aux trois crayons, de sa tête, dans un cadre de lierre. Un magnifique piano, des livres sur la table du milieu, des fleurs dans tous les coins, complétaient la délicate poésie de cet intérieur.

Sur une peau d'ours blanc, aux pieds du jeune maître, et devant la cheminée où brûlaient des bûches monumentales, une jeune femme, en robe d'un ton vert d'eau très-doux, était assise. Un *samovar* chantait gaiement, posé sur une petite table à côté d'eux, avec un service à thé d'argent niellé et de cristal. Merveilleusement belle, avec des traits d'une pureté d'enfant, des chairs lactées et diaphanes, des cheveux blonds comme des épis, elle contemplait extatiquement Chopin, mais lui, indifférent, regardait la blanche vapeur qui montait en spirales de la bouilloire, et suivait son rêve, cruel et tranquille.

Il partit ; il la quitta sans lui dire ce mot qu'elle eût acheté au prix de son éternelle damnation, et le lendemain elle changea sa robe d'ondine contre des vêtements noirs.

Il revoyait outre cela le dôme de ses forêts natales, où maintes fois il s'était perdu à écouter le mystérieux choral qu'elles chantaient, à la fois si doux et si terrible. Elles chantaient la mélancolique sérénité, et la folle raison, et la loyauté slave jusque dans les trahisons !

Un soir, en rentrant de chez Mme *** avec cette funèbre procession de souvenirs, et, sous la nostalgie du pays, il tira de son clavier ce ré dièse, cette note de révolte angoissée et en même temps de prodigieuse compassion de lui-même, qui, dans cette mazurka fantastique, revient obstinée, emportée, racontant une existence abattue, et l'amour et la honte de sa lâche servitude.

Le virtuose se tut.

J'étais accablé d'émotion, de fatigue, et, sans donner une pensée au voisinage des ours, je me rendormis.

« *A change came o'er the spirit of my dream.* »

Je rêvai maintenant que les ré dièses de la mazurka avaient de longs bras qui me saisissaient et m'entraînaient à toute volée.

Je croisais, dans une course folle, des loris de toutes couleurs, des petits nègres, des fleurs exotiques, de grands vases égyptiens que je me rappelais avoir admirés quelque part, une armée de pions en agate, de longues robes traînantes en satin de Venise, jaune pâle aux chatoyants reflets, enfin la mélodie de Gounod métamorphosée en perruche. Elle vola vers moi. Je n'eus que le temps de l'étrangler pour l'empêcher de me crever les yeux, et la joie de cet exploit termina mon sommeil de cette nuit.

Les éperviers commençaient à crier sur les rochers ; les montagnes se dessinaient estompées de nuances violettes. Les neiges des sommets semblaient des cataractes d'opales, d'améthystes et de rubis.

Il y eut là une incomparable fête de couleurs splendidement changeantes qui préludèrent au coup de théâtre du lever du soleil.

Délivré de mes terreurs, mais non pas de mon délire de la nuit, je dansai un pas de sauvage sur ma colline, criant aux sapins qui fumaient sous la rosée : — Oui, la nature est grande, mais le cœur humain est plus grand, et il est éternel, et il restera grand et éternel, quand, après cent mille ans, vous pourrirez, sapins, mes amis, — et Chopin, le prophète du cœur, restera éternel aussi !

Après cette allocution aux sapins qui me semblèrent incliner leurs têtes en signe d'assentiment, je me déshabillai et plongeai dans l'eau verte et profonde qui dormait sur ce lit de roche large et polie que plus haut j'ai si bien décrit.

J'en sortis comme une flèche ; l'eau était glacée ; un moment de plus, je faisais avec cette épouse de cristal une noce éternelle et je ne pouvais aller serrer la main au musicien nocturne qui avait dû connaître Chopin, tant il l'avait supérieurement traduit.

Je descendis dans la vallée.

La bourgade me parut ravissante dans la lumière du matin.

Imaginez des maisonnettes irrégulières, amusantes, aux toits de chaume panachés de giroflées sauvages où des oiseaux lissaient leurs plumes ; des enclos avec des arbres fruitiers, des sentiers moirés d'ombre, des haies de chèvrefeuille en fleur ; des rues grimpant, dégringolant, pleines de chiens, de porcs, de poules, de canards, d'enfants, de papillons bleus et de lézards clignant des yeux au soleil.

Sur la place du marché, des boutiques, échoppes de mercerie, petits magasins d'étoffes et de denrées, tenus par des juifs.

Les juifs sont les maîtres du pays. Isolés, désarmés, n'existant plus que par tolérance, ils n'en ont pas moins cerné de toutes parts, serré de près l'immense Gallicie. Toutes les industries, tous les commerces sont dans leurs mains.

Laitiers, boulangers, fruitiers, cordonniers, tailleurs, grainetiers, barbiers, forgerons, marchands de chevaux, ils s'imposent au seigneur comme au paysan et volent les deux.

J'entrai dans un débit de tabac. Le patron,

toujours juif, déjeunait dans l'arrière-boutique avec sa famille. Un concombre faisait les frais du déjeuner. Chacun y appuyait les lèvres, en exprimait un peu de jus, puis le passait à son voisin.

Les bureaux de tabac dans les petites villes étant généralement des bureaux de renseignements, je m'informai du musicien nocturne.

On me répondit qu'un monsieur étranger était en effet arrivé à Skole avec un piano grand comme une maison, mais : — c'était un monsieur pâle, débile, sortant peu, travaillant toujours, ne fumant jamais. Pour le reste, je devais m'adresser au maître d'école chez qui il occupait la salle d'étude, la seule pièce de l'endroit assez grande pour contenir le piano.

Je me fis indiquer la maison.

Elle était au bout du village, fraîche et propre, ombragée de grands tilleuls, avec un perron de trois marches, couvert et appliqué sur la façade comme un *mirador* espagnol.

Les volets étaient clos, mais la porte ouverte. Sur le seuil, un bonhomme en manches de chemise fumait la pipe en surveillant un troupeau d'enfants qui, pour toute étude, échenillaient le jardin.

Tout profit pour le jardin, les enfants et le maître.

Il me salua ; tout le monde se salue ici ; et nous entrâmes en conversation.

C'était T... qu'il avait chez lui, le grand artiste suédois, élève de Chopin et ami intime de cet autre élève de Chopin, Charles Mikuli, mon maître, qui m'avait si souvent et si passionnément parlé de lui.

T... dormait encore, travaillant surtout la nuit.

Je m'en allai, laissant ma carte, mais à peine avais-je fait quelques pas que je m'entendis appeler.

Je me retournai. Par une fenêtre ouverte, un bizarre visage aux traits d'oiseau, à l'animation impétueuse, criait :

— Revenez, revenez, mais je vous connais !

Je répondis :

— Et moi aussi je vous connais, — surtout depuis cette nuit.

J'entrai dans une grande chambre encombrée de musique, de papier à musique, de partitions et

4

de livres; un piano à queue s'étalait au milieu.

T... se mit au piano et, d'entrée, me joua la mazurka en *mi*, comme bienvenue.

— Que faites-vous ici? demandai-je brusquement.

— J'essaye de surprendre ce génie slave qui a inspiré mon maître, fut la réponse candide.

Surprendre le génie slave! Surprend-on jamais le génie d'un pays?

Mais ce génie, c'est le résumé, c'est l'image concentrée, et la géniale figure des instincts et des passions, des traditions et des mœurs d'une nation; c'est sa vie intime, sociale, politique et religieuse, sous l'influence du sol, du ciel, du climat et de l'atmosphère; c'est la voix de son âme, avec cet accent, cette note dominante, qui est comme le trait distinctif de la race et sa physionomie.

A force d'analyser certaines émotions et d'en disséquer le mécanisme, un étranger arrivera à la rigueur à les imiter ou à les faire revivre, mais sa langue n'aura jamais l'allure passionnée, le souffle de feu de l'originalité native.

— Que n'allez-vous en Suède? Avec des yeux

et des oreilles attentives, vous deviendriez peut-être le Chopin de votre patrie.

Mais j'eus beau assurer qu'il y verrait passer dans la nuit le grand vaisseau aux voiles rouges comme du sang, du Hollandais volant, et me porter garant que la fière damoiselle Adelutz y traverse encore à tire-d'aile, dans son plumage de cygne, les bruyères sauvages, et que la vaillante Sigrune tous les soirs cherche la tombe d'Helgi, dans la lande chenue, pour y dormir dans ses bras morts comme elle avait dormi dans ses bras vivants ; rien n'y fit.

Le Suédois était bien décidé à ravir à la terre slave son mot magique.

— Vous ne ravirez rien du tout, malheureux, m'écriai-je, à moins que ce ne soit un bouquet de nos orties. Il y en a de très-belles sur ma colline, ainsi que des chardons qui psalmodient d'une ravissante façon, sous le vent, en exhalant des parfums de fleur d'amandier ; le diable m'emporte si vous en faites jamais une ode-symphonie !

Il répondit qu'il sortait peu, que le moindre souffle l'enrhumait, ce qui l'empêchait même de faire quotidiennement une promenade nécessaire pourtant à sa digestion.

Là-dessus, je lui souhaitai le bonjour, mais il me retint et voulut à toute force me faire déjeuner avec lui.

Comme il faisait très-chaud, nous déjeunâmes dans le jardin. On servit du caviar, des truites pêchées dans l'Upor, des cailles, des concombres farcis, de la *mamalyga* (galette de farine de maïs au fromage des Carpathes); des confitures de groseilles vertes et des sorbets de noisettes pour dessert.

A défaut de mystérieux secrets du génie slave, T., vous le voyez, s'initiait *con amore* aux beautés de la gastronomie du pays.

Après déjeuner, nous rentrâmes pour prendre le café et il joua merveilleusement diverses compositions de Chopin. Il me frappa surtout par l'exactitude passionnée de son jeu, indice des admirations profondément senties.

Je passai le reste de la journée à flâner dans la montagne.

J'allais devant moi, m'enfonçant dans les sentiers creux, escaladant les rochers, m'asseyant au bord des torrents.

A chaque échancrure des pentes, la scène changeait.

C'était tantôt un paysage de Léopold Robert, des moissonneurs dans la vallée, coupant le blé avec des faucilles qui semblaient d'or sous les flammes du soleil; tantôt un coin de tableau de Poussin, l'Upor barré par une vanne de moulin, dont il faisait tourner la roue en bon ouvrier, malgré son petit air d'indépendance. Ailleurs, un site d'Arabie, des mamelons roussis au soleil et sommeillant comme des fauves sous les ardeurs de midi. Plus loin, des saillies de schiste et d'ardoise resserrant et assombrissant le torrent qui bouillonnait avec des remous d'écume.

Dans la forêt, c'étaient des vagues de parfums, des chants confus, des cliquetis d'insectes. De temps à autre, la note aigre et tremblée d'un vautour, le cri aigu, prolongé, d'une orfraie éblouie.

Lorsque je regagnai mon hangar, un genévrier entier flambait sur la colline.

Le maître d'école qui s'était chargé de me procurer un gardien de nuit, m'envoyait la perle des gardiens, un garçon qui, paraît-il, était affligé aussi peu que possible du vulgaire besoin de dormir. Vous saurez bientôt la raison de cette rare vertu.

Il avait étendu sur la terre sa capote en peau de mouton et, couché auprès du feu, il bourrait sa pipe.

C'était bien le paysan des Carpathes, aux prunelles de turquoise et aux longs cheveux châtains, portant encore le costume national, une sorte de tunique sans manches qui descend jusqu'aux genoux et un surtout ordinairement bleu clair, avec des arabesques sur toutes les coutures, vivant de pain de sarrasin et de fromage, buvant de l'eau, ne se lavant jamais, borné à sa chaumière, à son enclos et à son droit de pêche dans le torrent, respectant son seigneur, son prêtre, sa vermine. Son lourd travail de bête de somme ne s'arrête que le dimanche où il se rase, va à la messe et se soûle à mort.

Je parlai de dignité, de liberté à Stepan (c'était le nom de mon gardien).

Il m'écoutait avec une profonde indifférence.

Gérard de Nerval, voulant s'initier à la vie

intime de l'Égypte, acheta au Caire une esclave javanaise. Cette vie intime lui parut bientôt très-coûteuse, et la veille de son départ il dit à l'esclave :

— Zeynab, si tu veux rester au Caire, tu es libre.

Il s'attendait à une explosion de reconnaissance.

— Libre! et que voulez-vous que je fasse de la liberté? où irai-je? que deviendrai-je? Revendez-moi plutôt à Abd-el-Kerim. Je serai achetée par un *muslim*, par un cheik, par un pacha peut-être. Menez-moi au bazar, et vite.

Vous connaissez la fin de l'historiette? Gérard se fiança à la fille d'un cheik druse et fit cadeau de Zeynab à sa fiancée.

Mais l'indifférence de Stepan à mes libres discours se changeait en assez vive émotion lorsque la veillée se prolongeait.

— *Bat'ko*, me disait-il alors, il fait bien humide cette nuit, vous devriez rentrer.

Ou bien :

— *Bat'ko*, les étoiles se couchent, faites-en autant.

Enfin, tous les soirs c'était autre chose, avec le *finale* : allez dormir.

Évidemment, je le gênais. Que faisait-il donc à ne pas dormir?

Une nuit, je fis semblant de me coucher, et posté derrière le rideau qui fermait ma tente, je le surveillai par une ouverture.

. Je le vis d'abord aller et venir, ramassant des branches sèches. Insensiblement il se rappro-cha du bois et disparut dans l'ombre. J'attendis quelques minutes... rien. Je fis quelques pas dans la direction qu'il avait prise, et je m'arrêtai tout court. Un son de paroles m'arrivait. Stepan cau-sait avec quelqu'un. Un pâtre sans doute, qui de-mandait l'hospitalité de notre foyer.

Je rentrai et me couchai sans m'en préoccuper davantage.

Deux ou trois nuits après, j'étais dans mon lit sans pouvoir m'endormir.

La nuit était douce, très-douce, avec un clair de lune dont le rayonnement fantastique modelait, éclairait et voilait tout d'une brumeuse auréole. C'était je ne sais quoi de crépusculaire, de bleuâtre, de mollement argentin, et de plus beau que la lumière, dans son harmonie.

Je me tournai et me retournai sur mon lit ; impossible de m'endormir. Je bus de l'eau ; je comptai jusqu'à mille ; rien n'y faisait. Le désir même du sommeil finit par s'en aller et j'ouvris grandement les yeux.

Qu'est-ce qui m'avait irrité le sang ?

Je vis tout à coup que la lune était là, vis-à-vis de moi, et qu'elle me regardait étrangement avec sa face ronde, sulfureuse, et comme distillant un lumineux poison.

Ah, maudite lune ! c'était la même qui s'était penchée sur moi aussi pendant que je dormais, enfant, dans mon berceau, et m'avait dit comme au poëte [1] :

« — Tu aimeras ce que j'aime et ce qui m'aime :
« l'eau, les nuages, le silence et la nuit ; la mer
« immense et verte ; l'eau informe et multiforme ;
« le lieu où tu ne seras pas ; l'être que tu ne con-
« naîtras pas ; les fleurs monstrueuses, les parfums
« qui font délirer. »

[1]. *Petits poëmes en prose*, *Charles Beaudelaire.*

Je refermai les yeux, mais je la sentais m'enveloppant comme une pluie; je l'aurais tuée.

Quel besoin avait-elle, l'empoisonneuse, de venir aviver la nostalgie inexplicable, l'implacable appétit d'émotions, l'avidité insatisfaite, qui me suivaient partout?

Mon cœur battait lourdement; je me levai et sortis pour respirer.

Je m'arrêtai aussitôt.

A quelques pas du feu, aux côtés de Stepan, une femme était assise. C'était une paysanne, aux vêtements d'une paysanne, et pourtant ses traits n'avaient rien du type.

Les deux mouchoirs qui, posés en sens contraire, forment la coiffure en tiare des femmes de cette vallée, étaient dénoués, et dans la clarté étrange de l'atmosphère, sa tête se dessinait avec l'ardente énergie d'un camée antique.

Ses traits avaient je ne sais quoi d'à demi décidé, d'à demi pensif, qu'on ne rencontre guère chez ses pareilles. Son visage était pâle, ses grands yeux, sablés d'or comme la prunelle des chats, sa taille gracieuse sous un corset écarlate.

Stepan la regardait et elle regardait Stepan, —

et dans la phosphorescence splendide et énervante de cette nuit d'été, ce n'était plus une idylle rustique, mais l'éternel, l'éclatant, le magique poëme de l'amour.

Ah! scélérate de lune, qui m'avait éveillé pour recevoir en pleine poitrine ce coup, à l'heure des fantômes et des souvenirs.

Ils surgissaient en foule, extravagants, impossibles, volées de lutins, de sylphes et de phalènes dorées, phalanges de cauchemars fous et sinistres. Il y avait là de beaux rêves qui ouvraient de longues ailes de lumière, des fleurs merveilleuses, aux gouttes de rosée montées comme des cœurs limpides sur leurs pistils, d'énormes papillons bigarrés avec des yeux à facettes de diamant, des chimères aux regards d'étoile, aux griffes de lion, des chauves-souris vampires, dont le vol s'élevait en spirales infinies.

Tout cela passait rapidement, s'éclairant et se mêlant aux rayons de la lune; les vampires buvaient les cœurs limpides des fleurs, les yeux à facettes de diamant des papillons se changeaient en ruisseaux de larmes qui devenaient des couleuvres, les chimères, de leurs griffes de lions, plumaient les ailes des rêves de lumière.

Et dans l'air flottaient des éclats de rire, continués par des sanglots et achevés en soupirs d'agonie.

Soudain tout rentra dans la nuit.

La lune se couchait et autour du bûcher mourant rampaient de longues ombres. La femme avait disparu.

J'appelai Stepan, et, après avoir ordonné de rallumer le feu, je me mis à marcher autour.

Le jour se leva, rit, et je ris également et fis des compliments à Stepan sur sa belle fiancée.

Il soupira et détourna la tête sans répondre.

Ces durs montagnards ne parlent que lorsqu'ils le veulent bien.

Je respectai le silence et le soupir.

Mais comme je m'apprêtais à descendre, il me dit :

— *Bat'ko*, c'est Louba, la femme de mon voisin ; n'en parlez pas dans la vallée.

Je fus surpris. Les mœurs sont très-pures ici, où la barrière des coutumes sépare les sexes. Ils ne se mêlent jamais. Aux champs, au cabaret et à l'église, les hommes se groupent d'un côté, les

femmes d'un autre; les enfants même, filles et
garçons, subissent cet usage.

Le hasard, ou peut-être un inconscient désir de
voir au fond des choses, me fit prendre le chemin
de la chaumière de Stepan. Elle était au pied du
versant nord des montagnes et séparée du bourg
par le torrent; une autre à côté, que jusqu'ici je
n'avais point remarquée, avec une cour, un jardin potager et un verger. Dans la cour, des tas de
fumier, des mares où s'ébattaient des canetons,
un hangar avec des herses démanchées et autres
vieilles choses hors de service. Dans le jardin, un
enfant s'amusait à faire tomber la rosée des fleurs
de ciguë. Le verger, en pente, touchait au bois
de la montagne.

L'enfant rentra dans la chaumière, laissant la
porte ouverte. Louba, la femme du voisin, vint
la refermer.

Comment se trouvait-elle égarée dans cette
misérable demeure de paysan, avec ces mains
délicatement allongées, cette taille dégagée et
surtout ce je ne sais quoi dans ses traits d'à demi
décidé, d'à demi pensif.

Et je compris que si Stepan l'aimait, c'était

pour cette particularité de ses traits, cette élégance d'extrémités, ce port onduleux, qu'on ne rencontre pas chez ses pareilles.

J'interrogeai le maître d'école.

Il me raconta que Louba était la·fille naturelle d'un riche seigneur des environs et d'une *popadianka* (fille de pope) qu'il avait séduite et qui mourut en couches. Louba fut élevée dans la maison seigneuriale jusqu'à treize ans, époque à laquelle son père mourut aussi et sans laisser de testament. Les héritiers la chassèrent. Pendant deux ans, elle alla de ferme en ferme, cherchant de l'ouvrage ; mais elle était *szlachcianka* (fille de noble), en tout ; de corps, de langue, d'habitudes ; elle ne savait pas travailler. On la battit, on la méprisa. A quinze ans, un paysan de Skole remarqua sa beauté et la demanda en mariage. Elle mourait de faim et accepta.

On racontait dans le village qu'elle n'aimait pas son mari.

Stepan qui, la première glace rompue, était devenu très-confiant, confirma ce récit. Sa liaison avec la jeune femme durait depuis un an.

— Et le mari, demandai-je ?

— Oh, bat'ko, les maris !

Quelle profondeur dans cette exclamation, princesse ! Partout les mêmes. Oh, la bonne et honnête chose que les maris !

Il se reprit :

— D'ailleurs, c'est mon voisin et mon ami; après un moment de silence, il ajouta : je donnerais ma vie pour qu'il ne fût ni mon voisin, ni mon ami.

Il me raconta encore que depuis qu'il veillait auprès de mon feu, Louba venait dans la montagne le trouver toutes les nuits.

— Soyez prudent, Stepan.

— Inutile, petit père ; et il répéta, en les soulignant d'un accent étrange et avec une profonde confiance, ces mots : Fedor est mon voisin et mon ami.

Le temps passait et je vivais très-heureux dans ce pays sans grâces, sans douceurs, mais plein de contrastes capables d'émouvoir fortement.

Ils sont grands ; tantôt de longues heures sous l'immobilité radieuse du ciel; devant soi, autour de soi, partout, la contagieuse impassibilité des horizons tranquilles ; tantôt la tourmente, les tourbillons de vent qui chassent le long du flanc des montagnes les noirs nuages, la foudre qui sillonne les cimes, éveillant de sourds échos dans un cœur de sauvage.

Vers la fin d'août, le temps changea. Il y avait huit jours qu'une trame grise, pareille à une toile d'araignée, s'étendait sur la vallée et assoupissait l'air d'une tiédeur humide. Les grives chantaient, le soleil se couchait rouge et sans rayons.

Un matin, le ciel soucieux, brouillé, versa l'eau à torrents.

— Il faudra partir, dis-je à Stepan.

— Attendez encore, bat'ko, cela ne durera pas, et je vous ferai tuer un ours splendide, à la première lune.

Il me raconta que depuis quelque temps, un ours s'introduisait à la brume dans l'enclos de son voisin pour y voler du miel.

— Nous allons nous mettre à l'affût et Fedor m'a chargé de vous inviter à être des nôtres, si cela peut vous faire plaisir.

J'acceptai sur-le-champ, et sur-le-champ nous

nous mîmes à nettoyer mon fusil à deux coups et la carabine.

Vers cinq heures, la pluie se calma et ne tomba que de temps en temps par grosses gouttes. A sept heures, le vent avait balayé le ciel, et le soir même il faisait un très-beau clair de lune.

Nous descendîmes chez Fed'ko qui nous attendait. C'était un homme de petite taille, trapu, aux traits écrasés comme sa taille ; l'expression insignifiante.

Je crois vous avoir dit que son verger montait dans la montagne où il touchait le bois. A l'endroit le plus élevé, abritées par un rocher, des ruches s'alignaient.

Fedor m'indiqua un arbre fruitier qui devait me couvrir, conduisit Stepan à environ cent pas sous un hêtre de la forêt et revint dans ma direction en obliquant un peu à gauche.

Lorsqu'il fut placé, je remarquai que nous nous trouvions sur le même plan, séparés seulement par les ruches. Stepan occupait le sommet de l'angle aigu dont les côtés aboutissaient à nos stations.

Je m'en rendis compte avec étonnement; j'ob-

servai aussi que Stepan était dans la direction
du vent, ce qui est un extrême péril pour le chas-
seur.

Je le dis à Fedor.

Il m'expliqua tranquillement que l'ours avait
l'habitude de suivre la corniche du rocher, qu'il
allait droit aux rayons de miel, et que si mon
coup ou le sien le manquaient, il se rejetterait très-
certainement vers la forêt, s'offrant ainsi à Stepan qui lui couperait la retraite.

Une demi-heure se passa; puis une heure; je
finis par avoir froid à me tenir ainsi immobile et
je m'agitai.

— Patience, bat'ko, murmura Fedor.

Tout aussitôt il bondit et fut à mon côté.

— Regardez, me dit-il à l'oreille.

Je suivis son regard.

Un ours marchait droit sur Stepan. Il sortait
du bois et avançait sans se presser, comme suivant une route accoutumée. Il venait du côté
opposé à celui où je l'attendais sur ce que Fedor
m'en avait dit.

Soudain il s'arrêta, leva la tête, flaira le vent et
se remit en marche, en poussant de petits grogne-

ments. De temps en temps il ouvrait la gueule, montrait un arsenal de dents et soufflait bruyamment comme le fait un chat en querelle avec un chien.

J'examinais alternativement Stepan, l'ours et mes batteries.

L'ours n'était plus qu'à six ou sept mètres de Stepan.

L'attitude du paysan me parut admirable; il n'avait même pas encore épaulé son fusil.

— Il va tuer la bête à bout portant, dis-je à Fedor à voix basse.

L'ours avança encore de quelques pas, puis se dressa sur ses pattes de derrière avec un grondement horrible.

Ma carabine fut baissée en un clin d'œil, j'allais tirer, puisque la peur paralysait l'imbécile Stepan, c'était évident, mais une main de fer étreignit mon bras.

— Paix, bat'ko, paix, dit Fedor avec un accent qui me glaça. Une lueur soudaine traversa mon esprit. Je compris.

Tout avait été prémédité, longuement et habilement préparé, l'ours habitué à trouver du miel dans le hêtre. Il trouvait aujourd'hui un autre plat servi par la vengeance d'un voisin, d'un ami.

Il se passa alors une scène effroyable.

D'un bond l'ours fut auprès de Stepan ; il posa une de ses lourdes pattes sur l'épaule du malheureux, de l'autre il lui enleva la peau du visage, après quoi il l'étouffa dans ses bras et se coucha sur lui.

Je regardais immobile, dans un état de stupeur, d'engourdissement, pareil à celui des chloroformés, où tout sentiment d'horreur est anéanti, bien que de tout ce qui se passe on ait la conscience entière.

Un coup de feu retentit et me remit.

L'ours alla rouler à quelques pas de sa victime.

Fed'ko courut à la bête et dit :

— J'aurai bien dix florins de cette fourrure ; avec la prime du gouvernement, cela me fait une bonne aubaine.

— Sans compter la mort de Stepan, ajoutai-je.

Il me regarda ; une joie monstrueuse, la joie légitime de l'injure vengée étincelait dans son œil.

Les Carpathes s'assombrissent; partout des teintes délayées, couleur d'épuisement. Louba pleure.

Je pars demain, Marie.

Mangez-vous toujours de ces vers indiens, endormeurs de l'amour, les malalis, dont la tête est un mortel poison et le corps une crème exquise?

A LA PRINCESSE

VARVARA GAGARIN

III.

A LA PRINCESSE VARVARA GAGARIN.

Kar..., 186...

Il y a environ quinze mois, des affaires de famille m'appelèrent à Morlaix. C'était en juillet 186...

Je quittai Paris le soir, pour éviter la chaleur et la poussière des journées qui étaient accablantes, mais tous les voyageurs ayant eu la même volonté, le train regorgeait de monde et je trouvai à grand'peine un coin dans le compartiment des fumeurs.

Vers minuit il se désemplit pourtant, et à

quatre heures du matin, je me trouvai seul avec deux jeunes gens.

L'un paraissait avoir de trente à trente-cinq ans; je n'aurais su désigner l'âge du plus jeune. Il regardait son compagnon et ses yeux avaient seize ans; lorsqu'il les jetait de mon côté, je lui en aurais donné vingt-cinq.

C'était un garçon de taille moyenne, droit et mince, avec un visage pâle au front développé, des yeux lumineux, des lèvres d'une courbe merveilleusement belle, des cheveux blonds comme de l'or en fusion et d'une ténuité presque arachnéenne. Cette tête ne saisissait pas d'abord par le dessin, mais bien par un caractère singulier. Elle était calme et passionnée, froide et ardente, morte et vivace tour à tour. Je n'ai jamais vu de plus surprenante mobilité de physionomie.

Toute sa personne avait un cachet particulier : je ne sais quel laisser aller aristocratique et nonchalant dans les vêtements; une grâce distraite dans les manières.

L'autre, un homme nerveux et maigre, avait le visage précis et ferme, un peu creusé, des yeux profonds, l'expression sérieuse et loyale.

Nous liâmes conversation. Je dois confesser que je n'aime pas causer avec mes compagnons de route ou mes voisins de table d'hôte. Néanmoins, je me sentis attiré vers ces jeunes gens du premier abord. Le garçon blond surtout me prenait entier. Tout chez lui était étrange. Ses grands yeux regardaient en face, ouvertement, avec hardiesse, mais avec une sorte d'étonnement pensif; il semblait voir autre chose que ce que tout le monde voyait. Son sourire aussi était bizarre; on eût dit qu'il était provoqué, non par ce qu'il entendait, mais par des idées qui lui traversaient l'esprit.

Nous causâmes longuement. Les deux amis me firent part du projet qu'ils avaient formé de passer un ou deux mois dans quelque coin isolé de la Bretagne.

Ils étaient las de Paris, disaient-ils, las des boulevards et des marronniers des Tuileries, las d'esprit parisien• et d'ignorance parisienne, las surtout des poignées de mains parisiennes.

L'aîné des deux, Maxime T., ajouta que depuis le premier ciel bleu et le premier vent tiède de l'année Réné demandait à quitter Paris.

Je leur parlai de K..., petit bourg maritime, à deux heures de Morlaix. Point de baigneurs, point de casinos, point de chaises numérotées sur les grèves. En revanche, des falaises escarpées, beaucoup d'air, d'espace, la mer de tous côtés. Ils voulurent y aller.

En arrivant à Morlaix, nous nous étions si bien pénétrés, que, maître de mes actions depuis peu, je proposais à mes nouveaux amis de les accompagner à K... Ils acceptèrent et passèrent à Morlaix le temps donné aux affaires qui m'y avaient appelé.

Trois jours après, la voiture qui nous emmenait gravissait lentement une route pierreuse.

A droite s'ouvraient des chemins creux, bordés de mûriers aux fleurs blanches et roses, des landes couvertes d'ajoncs, des bouts de prairies. De distance en distance des groupes de rochers roussis.

A gauche, des champs de blé se suivaient avec des ondulations légères. Des bouquets de conifères se dressaient frappés d'une clarté bleuâtre dans leurs manteaux de verdure.

Au bout d'un grand bois de chênes, dont les racines tortueuses enserraient des quartiers de granit comme des griffes puissantes, le chemin coudoya la mer.

Elle s'ouvrait à l'infini, rayonnante, paisible, ses vagues de velours bleu s'allongeant mollement sur le sable du rivage. Le bleu profond du ciel répondait à l'azur de l'Océan. Pas un nuage en haut, pas une écume en bas. Le soleil versait une prodigalité de lumière. Dans le bois, des oiseaux chantaient; l'herbe haute de la lisière était pleine de fleurs et de bêtes dorées; dans l'air un grand apaisement serein. On eût dit d'un rivage de la Grèce antique.

Mais le chemin tourna bientôt et s'enfonça dans la campagne. La Bretagne nous salua avec ses arbres penchés, battus par les vents, son gazon ras et ses ajoncs qui éternellement s'entrechoquent avec de mélancoliques murmures.

De temps en temps, la mer reparaissait et souriait dans sa robe de pervenche épanouie.

Peu après, une église énorme barra l'horizon. Des maisons pauvres et basses, tassées, lézardées, appuyées aux épaules les unes des autres, et verdies par les pluies, étaient rangées en demi-cercle comme de petites créatures aux pieds d'un

géant. Entre ces demeures des hommes et le beau
séjour de Dieu, s'étendait un cimetière plein de
canards, de cochons et de petits enfants dégue-
nillés.

La voiture s'arrêta. Nous étions à K...

Une maison blanche, badigeonnée à neuf,
« logeait à pied et à cheval. » J'y entrai avec
mes amis.

On nous introduisit dans une pièce carrée où,
suspendus au plafond, vacillaient des grappes de
chandelles, des morceaux de lard d'où pleuvait
une grasse rosée, des congres fraîchement appor-
tés de la grève. Sur des planches mal rabotées,
des briques de savon noir coudoyaient des mottes
de beurre, des pains de dimensions gigantesques,
des œufs, des paquets d'allumettes. Dans un coin,
plusieurs barils d'eau-de-vie, des bouteilles vides,
des bouquetons, des filets.

Réné avait reculé à la première bouffée des
senteurs fades et chaudes que dégageait l'endroit,
mais il se ravisa et entra bravement. Nous déjeunâmes avec des œufs et du laitage; on nous indi-

qua ensuite des logements, et bientôt après, nous étions casés dans deux maisons voisines.

Je rangeais encore mes effets, lorsque j'entendis dans la rue la voix de Réné.

J'approchai de la fenêtre. Réné allait et venait, regardant à droite et à gauche, se dressant sur la pointe des pieds. Il m'aperçut et cria :

— Pas de mer à K..., elle a disparu.

— La mer est là-bas, fit une voix de femme.

Il se retourna. Une paysanne au seuil de sa maison montrait une ruelle.

— Il faut descendre ce chemin creux, il vous conduira à la grève.

La voix était douce et harmonieuse. Je me penchai pour voir la paysanne, mais déjà elle était rentrée. Je ne vis que Maxime qui avait rejoint son ami et se dirigeait avec lui vers le chemin indiqué.

Je les suivis. De loin, je voyais Réné cabrioler comme un jeune chevreau. Il grimpait sur les talus de pierre et de gazon qui bordaient les chemins, se piquait à la lande et aux mûriers, puis s'arrêtait et aspirait l'air salé à pleine poitrine

Tout cela avec la grâce des mouvements qui lui étaient particuliers. Tout à coup il accourut vers Maxime. Celui-ci s'arrêta, regarda autour de lui, ne me vit point et attira Réné dans ses bras.

Je restai un moment immobile... enfin, je retrouvai mes esprits... Je marchai à grands pas, le cœur un peu gros, je ne savais trop pourquoi, et j'étais si absorbé tout en voulant m'efforcer de ne penser à rien, que j'entrais à tout moment dans des flaques d'eau et trébuchais aux galets.

Une voix à mes côtés prononça mon nom. Réné disait :

— A quoi songez-vous donc? Regardez.

Je levai les yeux.

La mer était basse. Des roches de toutes proportions et de toutes couleurs encombraient la plage. Hors du flot et dans le flot, les parois des pierres étaient tapissées d'algues, s'épanouissant en gerbes de feuilles, en grappes étranges, en tiges lisses, qui se coulaient, se nouaient ainsi que de minces couleuvres.

Le varech vésiculeux d'un jaune brun, jaillissait des surplombs; des herbes longues de plu-

sieurs toises ondulaient dans les remous; çà et
là des prairies de goëmons s'étalaient sur un fond
de galets. De petites plages larges de quelques
pieds étaient couvertes de coquillages qui étince-
laient au soleil.

Plus loin, une ligne d'écueils festonnés de lianes grandiflores formait un demi-cercle parallèle
à la côte arrondie.

Une haleine fraîche et salée soufflait du large;
une odeur de frai et d'eau tiède endormie traînait
au ras du sol.

Nous regardâmes longuement, confusément
émus.

Réné avait mis la main dans celle de son ami,
et songeait dans cette attitude charmeuse de
curiosité étonnée que je n'ai pas retrouvée depuis.

Chose étrange, il faisait beau, il faisait clair,
il faisait chaud, et cependant il y avait une teinte
sombre dans le vaste paysage, une teinte d'âpre,
de profonde, d'incurable mélancolie. Elle planait
sur les ajoncs vigoureux de la lande, sur la falaise
que le soleil éclaboussait de rouges rayons, sur
les rochers marbrés de larges plaques jaunes cou-
pées par des zébrures couleur de bronze florentin.

Nous nous étendîmes sur la grève.

Le soleil plongeait lentement dans la mer. Ses rayons obliques allumèrent une dernière fois le paysage.

Les roches étalèrent par places des pourpres resplendissantes, des verdissements magnifiques. Les roussissures de la falaise eurent des reflets d'or.

Une brume rose tomba par vastes nappes ; on vit une lumière briller par intervalles égaux ; c'était un phare tournant.

La lune se leva. La mer parlait maintenant à demi-voix. Elle montait et ses vagues petites, serrées, s'écaillaient en clapotant sur le sable fin. Au large, quelques barques à l'ancre pêchaient ; d'autres passaient, les voiles au vent, coupant de longues bandes irisées que la lune envoyait comme des ponts d'or.

Autour des rocs, dont on ne voyait plus que les cimes, des goëlands tournoyaient en criant. Ils s'appelaient, et de longues files noires d'oiseaux arrivaient de l'extrême horizon. Par moments, la clameur faiblissait et, dans le silence de la nuit, on n'entendait plus qu'un caquetage confus, des petits cris flûtés, des frémissements d'ailes.

A de certains instants, il y avait des détonations profondes. C'était la mer qui entrait dans les excavations des écueils, avec le bruit de coups de canons.

Quand nous rentrâmes, le bourg était endormi. Les portes closes, pas une lumière aux fenêtres. Seule, la maison d'où l'on nous avait indiqué le chemin de la grève était entr'ouverte ; une forme humaine se dessinait sur le seuil, vaguement, mettant une tache noire dans l'ombre.

Un chien aboya et la tache s'effaça. On entendit verrouiller une porte et le silence se rétablit.

Lorsque je fus dans ma petite chambre, je me sentis troublé jusqu'au fond de l'âme par l'attente confuse de je ne sais quel grand bonheur. C'était une surabondance de sensations bizarres, mais délicieuses et diamétralement opposées à celles qui m'avaient agité dans l'après-midi. Cependant je n'aurais su les préciser, et, entrant dans mon lit à la hâte, je m'endormis comme un enfant.

Huit jours se passèrent et aucun de nous ne se souciait d'entreprendre un travail quelconque. Les journaux mêmes, les livres, qui nous arrivaient quotidiennement, restaient intacts.

Dès l'aube, les deux amis frappaient à ma porte. Ils entraient, ouvraient les fenêtres.

Une fraîcheur fortifiante montait de la grande eau amère qu'on voyait à travers une rangée d'arbres, poussant doucement vers le rivage ses flots pareils à des pierreries liquides. Sur les toits de chaume veloutés de mousse, des oiseaux lissaient leurs plumes. Dans la lande voisine, on entendait le cri strident des râles de genêt; de petits papillons bleus passaient devant les fenêtres.

A ces réveils, le bourg affreux, décharné jusqu'aux os, repoussant de misère et de maigreur, me semblait un vrai paradis terrestre.

Et tous les jours je me félicitais du hasard qui m'avait fait rencontrer Maxime et son compagnon.

— Qui sait... me disais-je à haute voix, et je n'achevais jamais.

Nous étions toujours ensemble, tantôt sur la

falaise, écoutant le bruissement du vent, les voix de la mer, le cri des oiseaux qui poursuivaient le butin, tantôt dans la lande, couchés sur des pierres plates et nous abîmant dans le silence profond du désert.

Réné promenait son regard sur le paysage qu'une mélancolie sombre, mais pleine de calme et de beauté, enveloppait le plus souvent. Son front haut devenait pensif, son œil comme effaré par un souci.

— Qu'as-tu, l'enfant? demandait Maxime.

Mais il ne répondait pas. Pourtant je lisais distinctement dans ses traits rembrunis des légendes de chagrin, de dégoût et de fatigue.

J'insistai un jour; il se leva, alluma un cigare et partit.

Plus tard, il nous dit qu'il ne supportait pas l'idée de vivre ailleurs que dans cette désolation et cette solitude.

Dès le second jour, Réné n'avait point voulu manger à la maison « qui logeait à pied et à cheval. »

6

Tous les aliments, prétendait-il, y sentaient la chandelle.

On nous conduisit chez la veuve Guénic qui nourrissait des douaniers.

C'était une femme de haute taille, maigre, les yeux pâles et doux, la voix un peu tremblante, la face blêmie et comme dévastée par les agonies successives de son cœur d'épouse et de mère ; l'Océan lui avait dévoré son mari et trois fils. Il lui restait un garçon et une fille.

Elle fit sur nous la meilleure impression.

— Si vous pouvez vous contenter de poisson, d'œufs et de laitage, je me charge de vous, messieurs, dit-elle.

Réné déclara qu'on se contenterait à moins.

Les arrangements faits, nous allions partir, lorsque la veuve nous pria d'attendre un moment.

Je veux vous faire voir la pièce où nous vous servirons, dit-elle. Anne-Marie !

La porte s'ouvrit.

— Voici ma fille.

— Tiens, c'est vous qui m'avez montré le chemin de la mer, s'écria Réné.

La jeune fille rougit beaucoup. Je la regardai

vivement. Elle était belle avec un visage d'une
indicible jeunesse, des yeux d'un bleu vert voilés
de longs cils, la bouche rosée et pure.

Au bout d'un escalier de bois, elle nous montra
une petite salle étroite. Murs éraillés, table et
bancs de bois, lucarne à fissure par où le vent
soufflait à gré.

— Nous serons très-bien, dit Réné, répondant
à un regard interrogativement inquiet de la jolie
bretonne.

Nous fûmes surpris en apprenant plus tard
qu'Anne-Marie, qui paraissait une enfant, était
mariée depuis dix mois à un marin qui, à cette
heure, naviguait dans le Pacifique.

L'hospitalière maison captiva tout à fait Réné,
avec sa salle basse, brune de tons, ses lits à ar-
moires, ses bahuts sculptés, la vaste cheminée
noircie, les plafonds aux lourdes solives. Il riait
de bon cœur, lorsque la veuve Guénic s'excusait
de la pauvreté du logis.

Maxime racontait alors, à la pauvre femme
émerveillée, qu'il y avait en effet, de par le monde,
de beaux lits bien rembourrés, garnis de soie et

de dentelles, des cheminées en marbre blanc, des glaces de Venise, des chaises longues, des tapis de la Savonnerie, mais qu'il aimait pour le moment les dalles de granit qu'il avait sous les pieds et le banc de bois que les années avaient poli, et les vieux dressoirs à buffet chargés de pots en grès et la cheminée tapissée de suie où la lande odorante flambait en chantant.

Réné, les yeux levés sur Maxime, ajoutait :

— Et moi aussi.

A ces moments, je détestais Maxime.

Bientôt, la mère, la fille, le fils Gabriel, garçon de quinze ans, ne s'occupèrent plus que de « M. Réné. »

Le soir, après souper, quand nous nous préparions à sortir, mille prétextes étaient là pour nous garder. « Le temps avait fraîchi; la pluie s'annonçait; la marée était basse, et M. Réné, ajoutait Anne-Marie, aimait les hautes marées. » On promettait des chansons bretonnes à Maxime qui en était friand; on allumait, à mon intention, une pyramide de genêts.

Et quelle joie, lorsque nous acceptions les siéges qu'Anne-Marie offrait avec un mouvement gracieusement suppliant.

Elle n'eût cédé à personne le droit de s'occuper des pensionnaires de sa mère. Elle préparait elle-même nos repas, qui tous les jours devenaient plus délicats et plus soignés. A chaque marée basse, quelque temps qu'il fît, elle courait à la grève, et, de l'eau jusqu'à la ceinture, elle tâchait de gagner les roches où fourmillaient les plus belles crevettes.

Ses heures de loisir elle les passait d'habitude à filer en chantonnant des vieilles chansons du pays.

Un jour, je passais seul devant la maison de la veuve.

Le rouet d'Anne-Marie tournait moins rapidement; elle ne chantait pas.

Je lui adressai quelques mots; elle leva la tête, ses yeux étaient humides.

— Vous pleurez, Anne-Marie, dis-je tout étonné.

Elle devint très-rouge et sortit précipitamment. Je remarquai qu'elle avait maigri et pâli. Elle

6.

appela Gabriel. Sa voix avait des intonations brèves.

A mes regards surpris, sa mère me dit :

— Ma fille pense à son mari. Le soir, quand elle prie, je l'entends pleurer aussi. Et mon gendre est en mer.

Elle soupira, la pauvre mère.

Je racontai la scène à mes amis. Ils n'écoutèrent que d'une oreille.

Une curiosité infinie me porta à observer Anne-Marie.

A de certaines heures elle s'asseyait au seuil de la porte, morne, attentive, comme si elle guettait quelqu'un.

Un soir, revenant à la brume, nous vîmes une femme courir à travers les bruyères et les genêts.

Réné s'arrêta brusquement et dit :

— Que fait à cette heure dans la lande Anne-Marie ?

Le jour de la grande marée de l'équinoxe, Réné explorait les rochers mis à nu jusqu'à une grande distance du rivage. Maxime se sentant indisposé avait gardé la chambre ; moi, je lisais sur la grève.

Je lisais machinalement, et à chaque page je suspendais ma lecture pour contempler Réné. Avec ses cheveux d'or que la brise remuait doucement, son cou découvert, ses jambes nues, sveltes et fines, sa tournure élégante et aristocratique, il avait une grâce nuageuse et indécise, qui se prêtait à toutes les illusions. Puis tout à coup un mouvement brusque et hardi, de charmantes façons cavalières, détruisaient mon édifice de probabilités, et je reprenais mon livre.

La matinée avançait, lorsque je vis passer un groupe de femmes armées de bouquetons et se dirigeant vers Callott, petite île voisine de K. pour chasser les crevettes.

— Venez avec nous, monsieur Réné, fit une voix connue. Il y a de beaux goëmons à Callott.

Réné suivit Anne-Marie et ses compagnes.

Soudainement, je quittai mon livre et me déchaussai. Personne ne s'était retourné ; j'entrai dans la mer et marchai inaperçu.

Arrivé à la pointe de l'île, Réné s'arrêta brus-

quement et comme saisi. Je me cachai derrière
un rocher et regardai aussi.

Une ville étrange, avec ses quartiers distincts,
ses faubourgs, ses promenades et ses places, ses
rues et ses carrefours, s'offrait à nos yeux. Des
rocs immenses, des cavernes de pierre, ressem-
blaient à de grands édifices écroulés ; il y avait là
des forêts de piliers, des galeries découpées, de
larges fenêtres cintrées, des terrasses suspendues,
des ponts volants et aériens. Et par-dessus les
roches, dans l'obscurité des cavernes, autour des
piliers, tapissant les larges fenêtres, tout un monstrueux épanouissement de varechs dont les branches se tordaient et s'enchevêtraient avec de merveilleuses floraisons, des parures inouïes. C'était
comme une Babylone de granit étouffée sous le
gigantesque entassement d'une végétation effarée.

Les pêcheuses s'étaient dispersées ; Réné ne
songeait pas à les suivre.

Il restait là, s'absorbant dans les détails de
l'étrange spectacle. Des laminaires aux bords
gaufrés mettaient des guipures d'un gris d'argent aux crêtes arrondies, les zonaires paon
agitaient doucement leurs éventails rayés de brun,

de blanc et de vert, le soleil découpait en rose
attendri le réseau délicat des plocamium vulgaires. Pareilles à des taches de sang, des ma-
tières gluantes plaquaient les parois des pierres
nues, avec des meurtrissures de pourpre. Sous
les pieds, un magnifique tapis violet aux dessins
compliqués, comme les tapisseries de Smyrne,
s'allongeait. C'était la *porphyria laciniata*, une
algue lisse.

Dans la vase chaude des anguilles glissaient, la
moire verdâtre de leurs anneaux scintillant à la
lumière. Des syngnathes levaient leurs museaux
pointus au ras du sol ; des crapauds de mer se
pâmaient le ventre au soleil.

— La mer monte, monsieur Réné.

Il se retourna et dit d'un air surpris :

— Tiens, vous êtes là, Anne-Marie ?

Elle rougit. Des mèches de cheveux bruns sur
le cou et sur les tempes, la coiffe mal attachée, la
jupe qui ruisselait, elle avait l'air d'une baigneuse
dans sa grâce frissonnante, son sourire mettant
une clarté de plus dans l'air limpide.

— Où sont vos crevettes ? demanda Réné,
d'un ton distrait, sans la regarder.

— Je n'en ai pas trouvé, répondit la jeune
femme.

Elle s'était rapprochée de Réné.

Sa tête, sous les rayons éclatants, était merveilleusement belle, avec ses joues rondes, aux
reflets d'ambre, ses narines dilatées dont les contours laissaient transpercer la lumière, ses lèvres
mi-ouvertes. Une vie ardente montait en flammes
roses à la peau satinée ; ses yeux avaient un
regard lourd et brûlant, comme un jet de plomb
fondu.

— Est-ce qu'elle l'aimerait ? pensai-je soudain.
Mon cœur battait avec force. Est-ce qu'elle l'aimerait ? répétai-je machinalement.

Des impressions diverses se heurtaient dans ma
tête. J'en voulais à Réné, j'en voulais à Anne-
Marie ; cet amour que je découvrais me remplis-
sait de joie... et pourtant je me surprenais à dire :
quel malheur, oh, quel malheur, et à souffrir un
véritable supplice.

La voix de Réné m'arriva, argentine.

Il se parlait tout haut, allant et venant, arra-
chant des varechs, retournant les pierres, et,

dans ses ravissements, comme oublieux du voisinage d'Anne-Marie.

Courbé sur les anémones vert tendre, il regardait attentivement leurs tentacules piqués de vermeil, qui s'agitaient doucement dans l'eau des remous. Je le voyais toucher du doigt curieusement les cubasseaux pareils à des cloches, les ombrelles bleues des méduses, les holothuries, les ophiures, les aphrodites hérissées, dont les poils, vert et or, font un somptueux bijou. Il cueillit, sur sa tige de pierre, une serpule. Mais il revenait de préférence aux actinies, ces fleurs vivantes, aux couleurs irisées. Il y en avait d'un rouge vif, pareilles à de saignants coraux.

— La mer, la mer, crièrent des voix à côté.

Anne-Marie bondit en arrière. Réné marcha dans la direction du bourg.

A la maison, Maxime, qui avait passé chez la veuve Guénic pendant notre absence, nous parla d'Anne-Marie.

— Je l'ai trouvée toute drôle, dit-il, elle me répondait brusquement, sa voix sonnait faux. Ses gestes surtout m'ont frappé. Ses bras pendaient tantôt immobiles, comme las, tantôt se relevaient, s'appuyaient sur sa poitrine, comme pour l'empêcher d'éclater. Et belle avec cela, belle à faire commettre des crimes.

Réné, qui rangeait des coquillages, jeta un regard singulier sur son ami.

— Tu l'as regardée bien attentivement, ce me semble.

— Eh oui, elle m'intéresse, je parie qu'elle souffre ; ma foi, je crois qu'elle aime.

— Serait-ce toi ? La voix de Réné était altérée.

— Pourquoi pas toi ? répondit tranquillement Maxime.

Alors ils partirent tous deux d'un bel éclat de rire. Et moi aussi, je riais, et ce rire emportait le poids immense qui m'écrasait ; j'étais léger, j'avais des ailes.

Le soir, nous restâmes au coin du feu dans une compagnie plus nombreuse qu'à l'ordinaire.

On attendait le recteur qui, suivant l'usage du lieu, faisait en ce moment sa tournée annuelle de la dîme, recueillant chez les ouailles de l'argen-

du blé, du vin, des pommes de terre, du beurre,
des fruits,

> De bonne avoine à planter,
> Enfin ce qu on peut désirer,

quand on est curé en Bretagne.

L'assistance causait : la veuve Guénic, quelques
voisines dont deux jeunes filles, assises autour de
l'âtre, Anne-Marie filant dans un coin que n'attei-
gnaient pas les lueurs de la flambée ; sur un banc,
contre le lit, trois vieux marins, de rude et honnête aspect. Ils nous regardaient amicalement de
leurs faces tranquilles, et je sentais Réné heureux
de cette odeur saine, odeur de grand air, de grand
ciel et de grande mer qu'ils apportaient à la veillée.
Le plus âgé des trois, depuis dix ans hémiplégi-
que, était un héros. Il avait été quarante ans
pilote. Un jour, dans une affreuse tempête près
d'Ouessant, le bâtiment qu'il menait fut jeté sur
les roches. Il avait présidé au sauvetag e des pas-
sagers sur les chaloupes qui regorgeaient et enfonçaient les bords au ras des flots. Un homme de

7

plus sur l'une d'elles pouvait la faire chavirer. Il remonta sur le pont et coupa les cordes. On le supplia de venir. Il secoua la tête et commanda aux barques de s'éloigner. Comme il attendait la mort, l'Océan lui rejeta, entr'autres petites épaves, un coffre étroit, offrant à peine assez de surface pour porter une personne. Au moment où il attirait le coffre pour s'y placer, il aperçut sous une voile abattue une femme inanimée tenant, pressé contre sa poitrine, un enfant de dix à douze ans. Il lui jeta de l'eau au visage, la fit revenir, puis demanda si elle voulait se risquer sur le coffre qu'il avait harponné ; sa dernière chance de salut. La femme eut un geste d'effroi.

— J'attacherai l'enfant à votre ceinture, insista Jean-Marie.

— Non, non, pleurait la femme, jamais je n'oserai.

Alors Jean-Marie lui dit qu'il pouvait essayer de sauver l'un ou l'autre, mais que trois, ils périraient certainement. La mère lui tendit son fils.

Il n'y avait plus de temps à perdre. Le vaisseau craquait et menaçait de s'abîmer à tout moment. Le pilote prit l'enfant sous le bras gauche, et s'agenouillant sur le coffre se livra à l'Océan. Les vagues le ballottèrent soixante-douze heures sans qu'il lâchât le garçon, puis le coffre échoua en vue de Brest. Des pêcheurs le recueillirent. Douze jours après, une attaque de paralysie le terrassait et le privait de l'usage du bras et de la jambe gauche, pour le restant de sa vie.

Tandis qu'un des marins racontait cette histoire, les jeunes filles, sans doute pour préparer l'entrée du recteur, chantonnaient d'une voix chrétiennement nasillarde, le cantique breton :

> Marie, qui êtes puissante
> Dans le ciel comme sur la terre,
> Avec un bel espoir, mère de Jésus,
> Chacun de nous vous dit :
> Gloire et honneur à vous éternellement
> Madame Maria-Callott.

Réné demanda à la veuve quel cadeau aurait d'elle l'homme de Mme Maria-Callott.

— Il aura des saucisses, répondit en souriant la veuve Guénic.

Les autres femmes rirent ; les langues s'en don-
nèrent bientôt sur le curé.

Il n'était point trop sympathique. On lui re-
prochait de faire la quête avec une religion que
n'avait jamais montrée son prédécesseur, un saint
homme, comme tous les prédécesseurs. Il avait
même renchéri la *considération*.

La *considération* est le service funèbre que
les fidèles font célébrer ordinairement avec une
grande pompe, après les vêpres, pour les membres décédés de leurs familles. On paye tant par
trépassé. Or, le recteur éleva le taux de ses priè-
res, et les habitants du bourg furent forcés de
renoncer à *considérer* leurs parents morts, se
contentant désormais de faire lire une messe col-
lective à leur intention à la fin de l'année.

Mais le curé, menacé dans la source d'un de
ses grands revenus, inventa autre chose.

Il persuada quelques dévotes que le trésor de
l'église était rien moins qu'un trésor. Elles ap-
portèrent quelques sous, et quelle fut la surprise
des paroissiens lorsque, le dimanche suivant,
après le prône, le recteur nomma aussi distinctement que possible ces piliers de la religion,

exaltant leur œuvre. Il bredouilla quelque peu les chiffres, de sorte que les imaginations battirent à toute volée. Huit jours après, la liste des noms eut un mètre et demi, tout le monde ayant voulu entendre son nom tomber du haut de la chaire dans l'oreille du voisin.

Les propos allèrent ainsi, jusqu'à ce qu'un bruit de roues buttant contre les dalles de granit de la place se fît entendre.

C'était la charrette sacerdotale qui accompagnait le curé dans sa tournée.

Mais Réné déclara qu'il en savait assez long et nous prîmes congé.

A quelque temps de là, un dimanche, je m'éveillai au son de deux cloches de Callott et du bourg, qui annonçaient le *pardon ;* celle de Callott arrivait claire comme un chant d'alouette dans l'air limpide. Le ciel était bleu et or. Un flot de chaude lumière baignait le vieux bourg. Les petites vitres flambaient sous les toits de chaume, la rosée étincelait ; sur les dalles rousses des lézards clignaient des yeux au soleil.

Je trouvai mes amis sur la place, qui peu à peu s'animait. Des bandes de fidèles débouchaient de tous côtés avec un grand tapage de voix. Les femmes entraient et sortaient par les portes ouvertes de l'église, les hommes se pressaient devant les cabarets. Les cloches allaient bon train.

Après quelques tours dans la foule, Réné et Maxime, qui étaient descendus en pantoufles, regagnèrent leur chambre pour y mettre leurs bottes. Nous devions aller au pardon.

Comme je rentrais aussi, je vis Anne-Marie sortant avec la rapidité de l'éclair de la maison voisine.

Quelques minutes après, Maxime ouvrait ma porte :

— Vous n'auriez pas pris, par hasard, le portrait de Réné ? me demanda-t-il.

C'était une photographie très-belle, dans un petit portefeuille noir et or, que je voyais toujours sur la table de Maxime.

Je répondis sans hésiter :

— Anne-Marie l'a pris.

— Comment, Anne-Marie ?

— Elle l'emportait tantôt, j'en suis sûr, quand je l'ai vue courir.

Maxime resta un moment pensif.

— Dites donc, F..., et il s'approcha de moi; mais il n'acheva point... — C'est trop absurde, murmura-t-il, et sortit.

Nous ne revîmes Anne-Marie qu'à la procession, en belle coiffe blanche, les yeux baissés, un gros chapelet aux mains.

Les fidèles, sur deux rangs, entouraient des reliques portées dans des châsses, par des pêcheurs fâcheusement endimanchés. Des bannières flottaient au vent.

En tête, une énorme croix d'argent sous laquelle pliait comme Jésus un pauvre homme trahi aussi par son sacrifice. A côté de lui, un tambour émérite battait alternativement la charge, la générale, le rappel, la retraite, la diane, aux champs et tout ce que peut battre un tambour qui bat pour Dieu et la renommée. C'était l'accompagnement des litanies chantées à pleins poumons. Le recteur chantant, environné d'autres prêtres le bec ouvert aussi, fermait la marche.

Derrière, un paquet de malades et d'infirmes,

serrés les uns contre les autres, comme pour se soutenir dans leur espérance de guérison miraculeuse, autant que contre les fatigues de la route. La plupart allaient pieds nus, pour toucher le ciel à fond, et certes le chemin, tantôt sur le sable brûlé du soleil, tantôt sur le galet et la roche, n'était pas doux.

Au bout de trois mortels quarts d'heure, nous arrivâmes tambour battant à Callott.

Il y eut sans doute à voir et à entendre dans la chapelle que la foule prit d'assaut et remplit bientôt de grands cris : c'était la messe; mais Réné préféra s'asseoir au beau soleil parmi les marchands de médailles, de chapelets et de gâteaux qui faisaient moins de bruit.

Vers le milieu de l'office un mouvement se fit à la porte encombrée de l'église; les fidèles s'écartèrent. Une femme parut marchant sur ses genoux; c'était Anne-Marie, très-pâle, avec les paupières baissées. Ses jupes en passant nous frôlèrent, mais pas un signe ne révéla qu'elle nous eût remarqués. Avec une lenteur douloureuse, le chapelet en main, elle fit ainsi trois fois le tour du sanctuaire.

D'autres femmes à sa suite accomplirent la même dévotion ; elles avançaient méthodiquement, soulevant leurs jupes, l'air grave, marmottant des pater en latin et écorchant consciencieusement le latin et leurs genoux.

— Elles sont persuadées qu'elles ne sauraient être bonnes catholiques à moins, dit Maxime.

— Écoutez, dit Réné :

« — Comment vivez-vous ? disait à Omri le « fakir Bababec.

« Je tâche, dit Omri, d'être bon citoyen, bon « mari, bon père, bon ami ; je prête de l'argent « sans intérêt aux riches dans l'occasion, j'en « donne aux pauvres ; j'entretiens la paix parmi « mes voisins.

« — Vous mettez-vous quelquefois des clous « dans le cul ? demanda le bramin.

« — Jamais, mon révérend père.

« — J'en suis fâché, répliqua le fakir, vous « n'irez certainement que dans le dix-neuvième « ciel ; et c'est dommage. »

La messe finie, la procession se reforma, reli-

7.

ques, gens et bannières. L'hôpital ambulant se rallia à la colonne et, au son du tambour, on reprit le chemin de K....

Des barques attendaient au sud de l'île, car la mer avait envahi l'isthme dans l'intervalle. Chacun se casa. Nous entrâmes dans la barque de Joseph Hoël, un bon compagnon qui nous avait menés en mer souvent et qui menait cette fois les reliques. Il n'était chrétien qu'à demi, et ses petits yeux noirs allaient vivement de nous aux choses saintes, demandant visiblement ce que nous pensions de la rencontre.

Anne-Marie avec plusieurs jeunes filles voguait dans l'embarcation du curé. La procession s'était remise à psalmodier. De temps en temps le tambour râlait.

Sous la splendeur orientale du soleil, la pauvreté des drapeaux déteints, des bannières fanées, la misère des oripeaux qui enguirlandaient les châsses éclataient dans leur mépris chrétien de la forme et de la matière.

Notre barque glissait sur la belle coupe bleue, les rames soulevaient une poussière diamantée, au fond de l'eau la merveilleuse végétation, incendiée par le soleil, semblait une forêt de corail, et Réné parlait doucement de la verte Galilée et de son lac aux rives fleuries, où dix-huit cents ans plus tôt le jeune charpentier de Nazareth, vêtu d'une robe blanche flottante et comme un soleil portant un foyer de clarté dans sa poitrine, de ses mains étendues bénissait la terre et enseignait aux hommes, sans tambour ni trompette, la bonté et la justice. Il leur disait encore : je suis la bonté, je suis la jeunesse, je suis la vie ; venez à moi, nous serons l'amour.

Cependant la barque du prêtre aborda bientôt sur les goëmons de la grève. Les autres suivirent. Les reliques furent enlevées de celle de Joseph Hoël, qui, libre alors de tout respect, montra du doigt les jeunes filles à côté du curé et, poussant au large, se mit à chanter :

L'équipage du navire
C'est tout filles de quinze ans ;
Les gabiers de la grand'hune
N'ont pas plus de dix-huit ans.

La grand'voile est en dentelle
La misaine est en satin blanc,

Les cordages du navire
Sont de fil d'or et d'argent.

— Je ne sors plus d'ici, dit Réné qui s'était
nonchalamment couché, et ses beaux yeux pleins
de rêves et largement ouverts sur l'horizon continua :

Je m'en vais faire ma course
Dedans les mers du Levant.

— C'est bien, dit en riant Joseph, sur la route
je lèverai mes casiers.

Maxime, qui attendait des lettres de Paris, se
fit mettre à terre, nous recommanda « l'enfant »,
comme il l'appelait et prit le chemin du bourg où
grimpait déjà la procession.

La brise gonfla la petite voile qui fila sur l'eau
et atteignit bientôt les rondelles de liége qui mar-
quaient la présence des casiers.

Le travail commença. Le pêcheur d'un coup
d'aviron rapprochait le liége, le saisissait, filait
une corde et amenait un panier rond à ouverture
tubulaire, rétrécie vers le fond, pour rendre impossible l'évasion des poissons prisonniers. Il re-
tirait le butin, amorçait le panier avec des *vieilles*
ou des pattes de crabe-araignée, et le rejetant à la
mer nageait vers un autre casier.

Peu à peu la barque s'emplissait. Pêle-mêle,
râlant encore, s'amoncelaient les plies, les li-
mandes, bêtes communes d'un gris sale, les larges
raies aux ventres bordés de rouge tendre, les
mulets couverts de fortes écailles, les bars ouvrant une bouche énorme, les maquereaux dorés.
Des langoustes épineuses, des homards tigrés de
noir se traînaient à travers la masse grouillante
sur des pattes cassées.

Le soleil allumait les flancs de nacre, les ventres rouges, l'or des écailles. Un parfum âpre et
irritant montait de cet entassement de nourriture
vivante encore, et qui achevait longuement de
mourir.

Les casiers levés, Joseph baissa la voile, abattit
le mât et dirigea la barque vers un îlot tout hérissé

de moules. C'était là qu'il chassait les pieuvres. Nous débarquâmes.

Au centre de l'îlot nous vîmes une mare d'eau cristalline, parsemée de grosses pierres entourées de tas de coquillages bigarrés. Joseph retournait la roche et, cramponné aux parois, le poulpe apparaissait. Il fixait sur nous ses grands yeux à iris doré, détachait lentement ses bras hérissés de ventouses et tâchait de se mettre à flot. Lorsqu'on s'y opposait, l'animal irrité, de gris perlé devenait marron, et contractant ses yeux, se couvrant de tubercules, la respiration accélérée, lançait une colonne d'eau. Alors Joseph d'un coup de crochet empoignait la bête, la frappait violemment contre la pierre et liait avec une ficelle la masse devenue molle et informe.

Il en prit une trentaine dont il fit un paquet qu'il jeta dans le bateau. La pêche était finie.

Le soleil marquait deux heures. Il fallait attendre la marée pour le retour.

Joseph tira de sa poche un morceau de pain aux couleurs variées. Réné avait faim et lui en demanda la moitié qu'il mangea à belles dents. Il alluma ensuite un cigare, et s'étendant tout du

long sur la roche, fit son dessert de la plus large
rêverie.

Assis à l'écart, je le regardais. Oh ! que Job a
raison lorsqu'il dit que celui-là est imprudent qui
ne conclut pas un pacte avec ses yeux.

Mais n'avait-il pas rempli par tous les côtés
ma vie, l'étrange garçon, qui contentait toutes les
délicatesses de l'imagination, avec ses exquises
élégances de forme, — les besoins de l'intelligence, avec son esprit viril.

Je restai, muet et absorbé, face à face avec mon
rêve secret, mon espérance inavouée.

De temps en temps d'insupportables souvenirs
me traversaient l'âme avec leurs glaives aigus
avec des amertumes affreuses le nom de Maxime
me montait aux lèvres.

Combien de temps restâmes-nous ainsi ? La
voix grondante de la mer me réveilla. Joseph
Hoël debout observait une barre de nuages
plombés, qui lentement s'élevait et assombrissait
le ciel. La barre couvrit le soleil.

— Venez vite, dit le pêcheur.

En ce moment, les vagues battirent le granit,
écumantes, furieuses. Nous nous jetâmes dans la

barque qui bondissait sur les lames, Joseph leva
l'ancre, et l'embarcation se mit à tournoyer
comme une toupie.

— Ce n'est rien, dit Joseph, ne bougez pas.
Est-ce d'aujourd'hui que je me bats avec cette
gueuse ?

De larges gouttes d'eau tombèrent. Tout maintenant était terne. L'Océan, le ciel, avaient la
même teinte blafarde, livide.

Joseph, les bras nerveux, les muscles tendus,
les yeux durs, ramait avec emportement.

La côte approchait.

— Tenez-vous bien, dit-il tout à coup.

La barque craqua, et deux énormes lames, la
soulevant comme une coquille de noix, la jetèrent
parmi les rochers, sur la grève.

Je tombai sur les galets. Quand je me relevai,
j'aperçus Réné, à quelques pas, sans connaissance, dans les herbes. Une femme enveloppée
d'une mante, la tête couverte d'un capuchon,
l'étreignait avec délire.

Réné fit un mouvement, le capuchon glissa, —
je vis Anne-Marie.

Mille souffles passaient sur son visage. Et ses yeux ! ils suppliaient, ils interrogeaient, ils s'abandonnaient.

Réné qui s'était ranimé se rejeta en arrière. Je devinai la lueur qui traversa, soudaine, son esprit.

— Mais vous êtes folle, Anne-Marie, cria-t-il.

Celle-ci se releva et au moment où je m'y attendais le moins courut vers la falaise et disparut. Je me sentis pour elle une compassion profonde.

René m'appela :

— F..., aidez-moi.

Je le remis sur ses pieds, mais une douleur violente le poignait à l'épaule.

Il chercha des yeux Joseph, qui manœuvrait à cinq cents pas de là, pour abriter sa barque que la mer avait reprise après le grand coup de lame qui venait de nous jeter à la grève, puis ôtant son veston déboutonna sa chemise et tâta l'épaule.

En un instant je fus délivré de toutes mes chimères.

— Rien qu'une foulure, dit l'enfant. Puis, comme étonné de mon silence, il leva les yeux, et devint tout rose.

Je le regardais et dans ce regard il lisait tout ce qui depuis deux mois s'était glissé dans mon cœur.

— Rénée, dis-je tout bas.

La réponse fut droite :

— J'adore Maxime.

Au même moment Maxime accourait éperdu en criant :

— Mais je bats la côte depuis une heure ! Quelle diable d'idée, de venir aborder ici.

— Ah, mon Maxime, dit Rénée, nous aborderons demain à Paris.

Le lendemain ils étaient partis.

« Je ne sais pas si l'amour était plus grand que le chagrin, je sais qu'ils étaient suffisamment lourds tous deux. »

Je reviens.

A. E. H.

IV

A. E H,

Venise, 18...

Je vous avais promis une sorte de journal de mon voyage, si voyage il y a et si l'on peut orner de ce nom ce vagabondage au gré du caprice, de la fantaisie, qui me fait traîner mes semelles sur tous les chemins des deux mondes.

Je vous avais promis surtout toutes sortes de détails locaux, familiers et pittoresques, des croquis de mœurs et de monuments, — la couleur, la poésie, mes impressions personnelles enfin, de Venise.

Or, j'ai réfléchi.

A quoi bon vous conter des choses dont le premier guide venu vous donnera une description
bien plus régulière ; des choses d'ailleurs à peine
entrevues ?

J'ai mieux ou pire à vous raconter :

Une histoire d'amour.

Parisien, Parisien ! vous faites la moue ? Ras-
surez-vous. Ce n'est pas une de vos fraîches, mais
vides et légères idylles qui durent une matinée de
printemps, comme ces fleurs de liseron qui sen-
tent si bon dans l'aube blanche et humide, mais
qui meurent au soleil de midi. Vous ne les aimez
pas, les idylles ; vous leur préférez et avec raison
les drames de la *Gazette des Tribunaux*.

Mon histoire vaut les causes célèbres de la
Gazette des Tribunaux.

J'avais passé, comme vous le savez, l'hiver à
P., en Hongrie. L'absorption où me tenait un
grand élan de cœur et de volonté me lâcha tout
à coup pour un besoin croissant, impérieux, irrésistible, de repos, d'immobilité absolue.

J'allais à Venise.

Blanche et rosée, Venise dort éternellement,

ses pieds de marbre dans un cristal mouvant, sa tête sous un large ciel d'ardent azur.

Nul bruit, même en plein jour. Je devrais dire, surtout en plein jour. On entre dans le pays du rêve en abordant à Venise. Ce rêve vous prend et vous tient. Affranchi de son corps, de son esprit, on n'y dit rien, on n'y fait rien, on s'oublie et on se laisse vivre.

Je m'étais installé sur la rive des Esclavons, dans un palazzino en marbre rose tout brodé de feuillage et d'épines entrelacés, avec deux fenêtres à colonnettes tordues, un balcon évidé à jour, vraie guipure de pierre, tenant à la fois du mirador espagnol et du moucharaby arabe, et trois marches en brocatelle de Vérone.

En bas, le vestibule aussi long que le palazzino, qu'on retrouve dans toutes les maisons vénitiennes, débarcadère et antichambre. Au milieu du vestibule, un large escalier de marbre, avec des câbles de soie pour rampes, conduisant à une pièce d'entrée au plafond légèrement cintré, avec des rosaces bordant la voûte et des enroulements capricieux de feuillage et d'épines, répétés de la façade, qui encadraient des panneaux tendus de damas couleur de l'hématite, rouge noir, la couleur cardinale perdue du xvie siècle.

Le balcon n'était que le prolongement de cette salle toute pavée en mosaïque, fraîche au pied, merveilleuse au regard, avec ses arabesques, ses damiers, ses entrelacs et losanges, de granit veiné, de porphyre rouge, d'albâtre roux, de vert antique, de bleutine, de jaspe et de serpentine. Elle ouvrait d'un côté sur une chambre à coucher, de l'autre sur un petit salon.

Mais ce ne fut guère le palazzino que j'habitai ; ce fut le balcon. J'y fis porter des fleurs, et là, parmi les roses de Damas, les iris de Florence, les jasmins, les lauriers-roses et les feuilles rondes des Coques du Levant, sous un Ravenala aux immenses écrans, je passais la meilleure partie de mes journées, à regarder, à fumer, parfois à dormir.

Devant moi, la Giudecca avec sa ligne de maisons tournées vers la ville, vers la mer sa ceinture de jardins ; Saint-Georges Majeur aux blancs bastions, son dôme arrondi comme une coquille de nacre, son clocher, diminutif du Campanile, hérissé comme une étrange végétation orientale, de

bulbes et d'épines ; la Sanita, San Servolo où est
l'hôpital des fous, les Arméniens ; puis le Lido et
le bleu de la mer.

A droite, la Dogana avec sa Fortune échevelée,
La Salute au double dôme, San Mose et son clocher relié par un pont volant à l'église ; la grande
rougeur de Santa Maria Gloriosa dei Frari ; les
méandres du grand Canal ; derrière, les arbres du
Jardin botanique.

A gauche, les bosquets des platanes et des
sycomores, des Jardins publics.

A l'extrême horizon, ramifications des Alpes
du Frioul, les lignes d'azur des monts Euga-
néens.

Tout cela frappé d'une lumière chaude et blonde, accrochant çà et là des paillettes étincelantes aux rinceaux des balcons, aux trèfles lombards
des fenêtres, aux chapiteaux évasés en turban des
cheminées, aux mascarons, aux corniches à sculptures, çà et là mouchetant de flammes blanches
la soie des lagunes.

Pendant trois semaines je ne bougeai pas de
place.

Le temps allait à la dérive, et dans une sorte

8

d'hébétement heureux, dans un délicieux état de
pensée figée, de regard perdu, je suivais de l'œil
les barques arrivant de Mestre, de la Zuecca, de
Fusine, et apportant sa provision de fruits à la
ville, pêches satinées aux tons de chair, lourdes
grappes de raisin transparent et roussi aux caresses du soleil, tomates d'un rouge saignant, cé-
drats, mûres blanches, pastèques à l'écorce de
laque vernie ; d'autres encombrées de thons, de
rougets or et carmin, de poulpes aux teintes mal-
saines, d'huîtres, de crabes, de pidocchi dont on
est si friand et qui sont des poux des mer, de coquillages aux couleurs fondues et irisées.

Puis c'étaient les gondoles filant silencieusement entre les tapis de mousse veloutée qui ver-
dissent la base des maisons, les fleurs violettes
des sagittaires, les oponogeton dont les corolles
exhalent une odeur de vanille, les plumes blanches
des ményanthes. Leur sillage faisait vaguement
onduler les formes rosées ou blanchâtres des palais
que répétait le flot endormi.

Parfois une couleuvre d'eau, la tête haute,
passait rapidement comme un éclair de saphir.

Le soleil montait et Venise flambait comme

sous un souffle de fournaise. De tous côtés, des lumières inattendues, changeantes, de larges boucliers damasquinés aux toits, des jaunes d'or empourprés aux rondeurs des coupoles, des phosphorescences métalliques aux arêtes, aux aiguilles, aux clochetons et aux minarets, des miroitements fauves sur les canaux.

Aucun mouvement. Les gondoles même cessent de circuler : les gondoliers dorment sous les arcades des ponts. Seules, au Torre dell'Orologio, tout d'or et d'outremer, les heures blanches et noires se promènent sur le cadran.

Au large, bordée d'un feston d'écume où danse une poussière d'eau de pierres précieuses, la mer lustrée, lumineuse, enveloppant la reine de l'Adriatique comme une gloire, monte doucement. De temps en temps la voile roussâtre d'un bâteau de pêche, lentement poussée par la brise; un goëland battant de l'aile dans l'atmosphère vaporeuse et comme opalisée par l'intense chaleur.

Une heure avant l'Ave Maria, une gondole venait me prendre et j'allais dîner à la pointe de Quintavalle chez des pêcheurs qui me faisaient manger leurs plus beaux rougets, si beaux que j'aurais toujours voulu les avaler crus de peur de gâter leurs nuances fraîches et vermeilles, des sardines frites, des muges de Chioggia, des fruits des collines d'Este et de Monselice, le tout arrosé de vin de Piccolit de Conegliano ou de Chypre.

Au coucher du soleil je retournais, faisant tenir au large la gondole.

J'ai vu vingt et une fois de suite, et sans me lasser, un spectacle féerique à ce retour : le soleil s'abaissant dans des roulées de rubis, des amoncellements de topazes et d'améthystes, des fusées de rayons hyacinthes, éclaboussant des firmaments paille. La lumière se mourait dans de demi-teintes de rose thé, l'estompage vaporeux du soir montait insensiblement, et la descente des heures noires sur la ville se faisait avec une mélancolie sereine.

Lorsque les guirlandes de lampes s'allumaient sous les arcades des Procuraties, je me faisais débarquer à la piazzetta et j'allais m'asseoir devant le café Florian où je fumais du tabac d'Orient et buvais un café exquis.

Un soir où je me livrais comme d'habitude à

ces douces fonctions, un jeune homme et une jeune femme vinrent occuper des chaises dans mon voisinage.

Dès ce moment, je n'eus d'yeux que pour la jeune femme, une merveilleuse enfant, — avait-elle seize ans ? avec sa souplesse de la plus fraîche adolescence, à la tête syracusaine, petite mais parfaite et aussi intelligente que fine, au visage d'une pâleur mate qui n'avait pourtant rien de maladif, avec des lèvres incarnat qui semblaient une fleur de pourpre et qui donnaient une expression inquiétante à son étrange physionomie. Deux ondées de magnifiques cheveux blond marron, relevés par des perles, glissaient des deux côtés du cou en tresses volumineuses, dégageant des oreilles mignonnes enroulées comme des volutes de nacre.

Les yeux fendus et allongés de côté étaient d'un bleu violet aussi singulier que sa pâleur mate, aussi inquiétant que la pourpre de ses lèvres. Je ne sais trop pourquoi ils me firent songer à ces lacs bleus comme la turquoise de l'Amérique du Sud, dans lesquels j'avais vu des crocodiles. Ils n'en sont pas moins bleus, ces lacs, ni moins attrayants, malgré les crocodiles.

La fragilité et la minceur des attaches chez ma beauté, la finesse de ses doigts révélaient encore une rare délicatesse de race.

Elle portait une longue robe blanche en soie des Indes, relevée de violet pâle et rosé dont l'idéale nuance semblait avoir été inventée pour s'harmoniser avec les teintes ambrées de sa peau, et l'or bruni de ses tresses. Le corsage, très-bas, découpait une poitrine blanche, de la chaude blancheur du Midi, jusqu'à la pointe des seins dont un flot de dentelles voilait à peine la rougeur. Au cou, aux bras, aux oreilles, des perles comme dans les cheveux.

Tout en elle contrastait étonnamment avec sa grande jeunesse : cette toilette voluptueuse, qu'elle portait avec un calme d'enfant et une impudeur toute antique, l'expression bizarre de sa tête, le charme paresseux et fascinant de ses lèvres incarnat, les glissements serpentins, les insensibles inflexions de ses formes de statue, dans ses mouvements ; au repos, la nonchalance savamment élégante de sa pose.

Je l'observais attentivement et à mon aise, car

l'attitude qu'elle avait prise l'offrait entière à mes regards.

Quant à son compagnon, je ne le voyais que de dos. Il me sembla svelte, dégagé, viril, avec une sorte de grâce dans le port de la tête, qui ne m'était pas tout à fait inconnue.

Ils se parlaient à demi-voix, vrai couple d'amoureux, oublieux de la foule, et les yeux violets de mon inconnue se trempaient de clartés.

Dans leur transparence lumineuse, pas d'ombre de crocodiles. Qu'avais-je rêvé ?

Comme elle jouait avec un de ses bracelets, il s'ouvrit et glissa à terre. Le jeune homme le ramassa et se pencha vers elle pour le rattacher.

Quelle révélation, mon ami, et quels crocodiles !

Ils étaient là, menaçants, distincts, dans le flamboiement de l'incendie intérieur qui éclata tout à coup sur sa chair amoureuse, dans la palpitation brusque d'une émotion véhémente qui fit affleurer le sang à ses joues pâles, avec le coloris léger de la rose des buissons ; ils étaient là, dans les sensualités inconnues du regard oblique, — ils y étaient !

Je crois, Dieu me pardonne, que dans le contentement de la découverte qui confirmait une singulière intuition, je tressautai sur ma chaise, ce qui fit retourner le Roméo de cette Juliette, et... nous tombâmes dans les bras l'un de l'autre.

C'était Alexei Alexeivitch, un compatriote, un ami, que depuis huit ans j'avais perdu de vue, comme tant d'autres amis. Nous nous étions rencontrés et liés aux Eaux douces d'Asie. J'y reviendrai plus tard.

Il était marié depuis six semaines avec la belle créature, à qui je fus présenté immédiatement.

— Hélène, mon ami, dit-il avec son doux parler qui n'était pas un de ses moindres charmes; et Hélène me tendant une main de reine, et à demi tournée vers son mari, répondit :

— Nous l'emmenons, notre ami.

Et ils m'emmenèrent, ces deux enfants qui s'aimaient assez pour mettre sans crainte un tiers dans leur vie.

Au mouvement que fit Madame A. pour traverser la piazzetta, au bras de son mari, un souvenir bizarre de la fraîcheur d'un souvenir d'hier avec son impression d'enchantement, — et il datait de huit ans, ce souvenir — traversa mon esprit.

C'était la même et unique volupté de tournure qui m'avait frappé chez une Arménienne, lors de mon voyage en Orient, et que je n'avais retrouvée chez aucune femme depuis. On eût dit d'une couleuvre debout sur sa queue. A la voir marcher ainsi, un rêve vous prenait de fabuleux plaisirs.

Avec une obsession désagréable, d'autres souvenirs se classaient, se rangeaient à la suite de celui-ci.

Je revoyais l'Arménienne, une fière et tendre créature, et dont la beauté avait été plus royale encore que celle d'Hélène, — je la revoyais au bras d'Alexis comme Hélène aujourd'hui.

Nous débarquâmes au pied d'un palais situé à la pointe inférieure du Grand Canal, et vrai nid de jeunes époux, avec ses broderies, ses dentelles fantasques, aériennes, ses chapiteaux pleins d'oiseaux et de fleurs.

Dès l'entrée, je fus frappé du goût qui mettait une harmonie douce dans l'étalage et l'écrasement d'immenses richesses.

Le vestibule qui dans toutes les maisons n'est qu'une sorte de salle d'attente, comme je vous l'ai déjà dit, sans mobilier, sans ornement, et où pourrissent ordinairement de vieilles gondoles remisées, — le vestibule, pavé en mosaïque de Florence, ses murs cachés sous d'énormes massifs de verdure, montant en nappes de feuilles puissantes, s'allongeant en fusées de superbes floraisons, était déjà une merveille. Aux quatre angles, des socles en malachite soutenaient quatre grandes lampes aux pieds de bronze florentin vert pâle, attachés aux socles par des chaînes d'or vert.

Un large escalier couvert d'un tapis blanc semé de fleurs effeuillées, conduisait à une salle octogone, voûtée, sans fenêtres, éclairée d'en haut et toute revêtue, mur, pavage et voûte, de marbre gris et fleur de pêcher, qui ouvrait sur un appartement dont les draperies d'étoffes orientales, aux teintes délicates de pétales de fleurs, les glaces de cristal taillé en biseaux ; les lambris en mosaïque de nacre et d'opale, les grands vases de majolique où s'épanouissaient les plus rares fleurs, mille objets d'art et de luxueuse fantaisie, dans leur arrangement harmonieux, semblaient avoir été cal-

culés par une imagination amoureusement inven-
tive, pour rehausser et faire briller la mystérieuse
beauté d'Hélène.

Tout y parlait la grande langue de l'amour,
tout y traduisait l'idée fixe d'une passion ardente
et souveraine.

La soirée se passa à renouer des liens d'amitié,
assez forts dans le passé, pour nous avoir fait
souffrir tous les deux lorsque des circonstances
étranges et une longue séparation les avaient fait
relâcher.

Vers minuit, on servit des sorbets sur le balcon.

Ici, mon cher ami, je suis forcé de décrocher la
lune, malgré l'horreur de ces omelettes d'astres
que battent à tout propos avec leur plume, tous
ceux qui tiennent une plume.

Elle coulait si admirablement à ce moment-là,
ses rayons filés d'or et d'argent, sur la ville, elle
découpait si nettement les cinq coupoles de Saint-
Marc, blanchissant les mosaïques à fond d'or de
ses porches, ses clochetons à jour, grandissant
encore cet étrange édifice, à la fois temple, mos-
quée et basilique, elle ruisselait si féeriquement
le long du gigantesque campanile, montant haut

dans le ciel comme un mât de navire, elle effleu-
rait si mollement avec des frémissements de clartés magiques le cristal glauque des canaux, que je
ne puis m'empêcher de vous faire participer, par
les yeux de l'imagination, à ce tableau dont le
charme puissant me reprend toujours à sa vision
rétrospective.

Et puis elle éclaira ce soir-là une scène qui fut
comme le prologue du drame dont je fais en ce
moment l'exposition un peu étendue.

Un souffle de brise de mer ayant fait passer un
léger frisson sur les épaules de Mme A., Alexis se
leva pour chercher une écharpe dont il entoura
la taille de sa précieuse fleur de serre, puis s'assit
à ses pieds.

Elle était allongée sur un divan très-bas, tendu
d'une étoffe de satin turc gris rose, broché de
bouquets de lilas blancs, qui lui faisaient comme
une couche de fleurs.

Ses yeux violets aux irritants reflets étaient
profonds maintenant et absorbaient la lumière sans
la renvoyer. Elle les voilait à demi avec des cils
d'or et regardait son mari, mais il n'y avait rien,
dans ce regard de la contemplation muette, des

langueurs rêveuses des amoureuses ordinaires. Il y avait dans la crispation de la prunelle oblique, je ne sais quel engourdissement de lionne du désert, engourdissement qui précède un réveil meurtrier et de sang avide.

C'est à ce moment que les errantes clartés de la lune enveloppèrent de la tête aux pieds, sur le divan, ce corps pur auquel un statuaire n'eût rien voulu changer, et que je m'écriai :

— Mais voyez donc, Alexis, voyez comme votre femme ressemble à Sophie Peyron.

Hélène était déjà debout, blanche d'une cadavérique blancheur :

— Vous avez connu ma mère !

Je regardai Alexis. Il était debout, lui aussi, et, dans la limpidité de cette nuit d'été, je voyais distinctement perler à ses tempes des gouttes de sueur.

Il me fixait d'un œil douloureusement suppliant et terrifié. Puis, s'approchant de sa femme, il dit :

— Franz a connu ta mère, il y a huit ans, aux Eaux-douces d'Asie ; et se tournant vers moi, — nous avons perdu Mme Peyron, peu de temps après votre départ, ajouta-t-il, et il respira longuement comme un homme qui échapperait à quelque imminent et mortel péril.

Mes hôtes, s'étant assombris, je me disposais discrètement à les quitter, lorsque la jeune femme me fit signe de la suivre.

Elle me conduisit à une sorte de cabinet de travail, à la fois fumoir et bibliothèque, alluma une lanterne vénitienne suspendue à un câble de soie, et devant moi, soudain, je vis — Sophie P. l'Arménienne, la mère d'Hélène, et l'ancienne maîtresse idolâtrée d'Alexis !

Je reculai d'un pas, tant l'illusion était forte, mais au bout d'un instant, je me rapprochai et contemplai dans une stupeur rêveuse ce portrait, œuvre d'art sans pareille, qui évoquait, ressuscitait et dressait, vivante, violemment réelle, cette grande et superbe femme, au charme étrange et farouche. On n'était pas seul dans la chambre avec ce merveilleux portrait.

Comment le laissait-il là, ce diable d'Alexis ?

C'était bien ainsi que je l'avais connue, vêtue de pâle azur, la poésie de ses admirables formes que trahissaient à peine des flots de dentelles, l'emportant sur la magie ardente des nudités d'Hélène. Et c'était bien le même visage songeur et indéchiffrable, comme son cœur aux incroyables contrastes, cœur de nonne, de grande dame et de courtisane, et dont je croyais surprendre les battements sous les dentelles peintes et le pâle azur.

La fille avait avec elle une vague ressemblance, mais seulement à de rares moments, comme des moments d'élection. Elle ne continuait Sophie P. que par le mouvement, les torsions enivrantes, félines, qui auraient provoqué au délire les moins embrasées des imaginations.

Silencieuse et immobile devant le portrait de sa mère, ses yeux violets parlaient l'amour terrible qui divinise l'objet aimé.

— Elle vous idolâtrait aussi, Hélène, dis-je à demi-voix. Et nous sommes de vieilles connaissances...

Je n'eus pas le temps d'achever. Elle souffla brusquement la lanterne.

Quand nous quittâmes le fumoir, je m'aperçus qu'Alexis ne nous y avait point suivis.

Je rentrai chez moi très-intrigué, mais sans guère me casser la tête pour résoudre le curieux

problème du mariage de mon ami. Je savais
qu'il me raconterait tout dès que nous nous ver-
rions seul à seul.

Cela n'arriva ni le lendemain ni les jours sui-
vants.

Hélène absorbait despotiquement, exclusive-
ment son mari. Ils ne se quittaient pas d'une
minute.

Cette étrange enfant avait pénétré l'esprit, les
habitudes, le caractère d'Alexis, de la manière la
plus inconcevable et la plus subtile. Dans cet
homme roulé dans ses rêves, je ne retrouvais plus
l'ancien Alexis aux débordantes énergies de vie.

A mesure cependant qu'une intimité de plus en
plus étroite m'ouvrait familièrement tout l'être
d'Hélène, je ne m'étonnai plus. J'étais sous le
charme, moi aussi.

Je n'en suis pas moins incapable de l'analyser,
ou de le définir.

Était-ce son intelligence rare, servie d'une admirable instruction ? l'esprit sauvage des paroles
qu'elle apportait dans nos conversations, et dont
l'effet était doublé par le contraste de la placidité
du débit, le timbre doux et profond d'une voix cris-

talline ? Était-ce l'intensité de chacune de ses actions ? La miraculeuse expansion de ses larges et lumineuses prunelles ?

Le charme était profond ; mais tout en y cédant, je sentais se glisser en moi, lentement, graduellement, une sensation d'étouffement, une angoisse sans motif.

Il me semblait en même temps, qu'un poids mortel écrasait aussi Alexis. Il m'arrivait de me figurer qu'il était travaillé par quelque suffoquant secret ; par moments je lisais ou je croyais lire dans ses yeux un désir frénétique de me le dire.

J'avais beau supputer sur mes dix doigts toutes les raisons qu'avaient ces deux enfants, d'être les plus heureux des époux dans le présent et dans l'avenir, j'avais beau me certifier tout bas et tout haut que cette vision de crocodiles dans les yeux violets d'Hélène, était d'un cerveau détraqué, par conséquent ridicule, absurde, ce secret d'Alexis, imaginaire, impossible, — je me disais aussi, et l'idée obstinée me revenait sans cesse, que les grands sentiments n'appellent pas toujours les bonheurs durables, et que les crocodiles sont généralement des animaux mal appris, qui ne feraient à l'occasion qu'une bouchée du bonheur de mes amis.

J'y tenais, comme vous voyez, aux crocodiles.

Mais c'est que j'étais sybarite de ce bonheur splendide dans son incroyable plénitude.

A la longue, un vrai cauchemar s'assit sur mon cœur. Dans ma tête se faisaient des associations d'idées terribles.

Je finis par glisser un jour, à la hâte, une question à l'oreille d'Alexis :

— Sophie Peyron est-elle vraiment morte ?

Il répondit en pâlissant :

— Non, elle vit.

Dès ce jour, je ne me débattis plus contre les pressentiments sinistres qui me cernaient.

A la suite de ces préoccupations, les symptômes d'une maladie nerveuse, que le grand calme des premières semaines de mon séjour à Venise avait apaisés, reparurent.

J'ai un petit fonds d'égoïsme dans mon caractère, mon cher ami. C'est par pure bonté d'âme pour mes défauts que je dis petit. Il est remarquable, mon fonds, puisqu'il me fit prendre, un soir, la résolution de fuir mes pensées et mes amis.

— Tant pis, criais-je. Qu'ils s'arrangent. Saint Marc la garde, elle et ses viviers ! Qu'Alexis se débrouille entre la mère et la fille.

Ajoutons qu'il n'y avait rien à tenter pour sauver mon ami d'un péril pressenti seulement et qui ne s'était même pas encore dessiné à l'horizon, aussi légèrement que ce fût.

Depuis quelque temps aussi les nuits étaient devenues étouffantes ; de lourds nuages passaient au-dessus de Venise, embrasant l'air d'une irritante électricité.

Je me réfugiai dans une maisonnette au bord de la Brenta, où sous un fouillis d'arbres et d'arbustes, je trouvai la fraîcheur et retrouvai la solitude.

Je repris mes chères habitudes de rêveuse contemplation et de flânerie.

Pourquoi Obermann pleurait-il de se trouver seul au bord d'un lac, de se sentir grand et faible et de n'avoir pas vécu ? C'est au bord de ce lac qu'il eût réellement vécu, s'il l'avait voulu.

J'ai été seul dans mon palazzino de la rive des Esclavons, seul dans ma maisonnette au bord de la Brenta, je me suis toujours senti très-grand et très-faible, mais au bord de la Brenta comme sur la lagune, j'ai été parfaitement content de ne rien faire, de ne pas parler, de rester immobile, ne regrettant que de n'avoir pas toujours su m'élever à cette science de la vie.

Quinze jours après ma nouvelle installation, le messager qui allait prendre habituellement mon courrier à Venise, me rapporta une lettre de mon frère. Celui-ci partait pour l'Égypte et, s'embarquant à Trieste, il me priait de passer avec lui les deux ou trois jours qui précédaient le départ de son bateau.

J'allai à Trieste.

Mes devoirs fraternels accomplis, je m'en retournais en chemin de fer, lorsqu'à Mestre l'idée me prit de continuer la route en gondole.

Je quittai le train et m'embarquai à l'entrée du canal.

Il faisait une journée singulièrement belle. Au ciel, le bleu de l'Inde et un soleil d'or ; sur la mer, la même grande débauche d'or et d'azur. Un souffle léger venant des Alpes et chargé de senteurs exquises soulevait de petites vagues poudrées de diamants qui écumaient à la proue de la gondole et s'émiettaient en grésillant. Et dans cet air, cette eau et ce ciel, il y avait une telle expansion de joyeuse extase, de sérénité lumineuse, que volontiers je me serais voté une statue et des autels pour la merveilleuse idée qui m'était venue de quitter le train à Mestre et de rentrer par mer à Venise.

Sous le ruissellement de splendeurs de cette journée, la ville me parut plus belle que jamais dans sa poésie fastueuse, sa fantaisie riche et multiple.

— Retournons tout bonnement au palazzino de la rive des Esclavons, me dis-je; et en passant, avertissons de mon retour Alexis.

J'allais donner mes ordres aux rameurs, lorsqu'un mouvement inusité à la pointe du grand canal attira mon attention.

Des bateaux, des barques, des gondoles, portant une foule bourdonnante et bariolée, encombraient la lagune. Il y avait tant de gondoles et tant de monde, qu'à peine par-ci par là, le ciel pour se mirer trouvait-il un petit coin d'onde.

Toutes les maisons étaient parées de fleurs; des tapis, des banderoles, des bannières brochées d'or pendaient aux fenêtres.

De temps en temps, un chant s'élevait au loin, composé de voix très-hautes et de voix très-graves, sorte de mélopée bizarre et monotone.

Tout à coup, bateaux, barques et gondoles se rangèrent sur deux files. Des mitres fleuronnées de perles, des chapes damasquinées, constellées d'émeraudes et de rubis, scintillèrent dans la radieuse lumière, et une procession de prélats déboucha sur le bras de mer qui sépare la Giudecca de Venise et se dirigea vers les Arméniens.

Un immense cortége voguait à sa suite, réalisant un coup d'œil splendide.

Le soleil rampait en filets d'or sur les baldaquins frangés, constellait de flammes les broderies des bannières, lançait des éclairs dans les plis des étoffes lustrées, avivait la fraîche carnation des fleurs, touchait d'une lumière blonde l'enchevêtrement des têtes, des corps, des types, des costumes, des attitudes.

Le défilé me parut ne devoir jamais finir.

Toute Venise semblait s'être donné rendez-vous sur les lagunes.

— Faut-il suivre? demanda mon gondolier.

— Quelle est cette fête? demandai-je à mon tour.

— Une fête? Signor, répondit-il tout ébahi, — c'est un enterrement, et l'enterrement de quelque prince, à en juger par cette foule. Voyez la gondole mortuaire, là... cette gondole rouge.

J'avais ignoré jusque-là que le deuil à Venise se portait en pourpre.

Je regardai la gondole qui s'avançait coupant mollement le cristal liquide des grandes scies d'acier de sa proue, et abritant sous un dais de brocart rouge sombre un large cercueil découvert.

— Santa Maria della Salute, s'écria le gondolier qui avait la vue perçante, en se signant, — il y a deux corps dans le cercueil.

La gondole rouge rasait la mienne maintenant, et le sang figé dans les veines, car à l'arrière je venais de reconnaître Alexis, je me penchai sur ces deux corps.

Sur un lit de fleurs, côte à côte, Hélène et Sophie Peyron, la mère et la fille, dormaient le lourd et mystérieux sommeil de la mort.

Leur beauté souveraine modelée en pâleur par la brume sacrée de la nuit éternelle, s'épanouissait avec une fierté énergique. Les lèvres avaient gardé un ineffable sourire. Toutes deux avaient les yeux ouverts, avec des regards aveugles, pensifs. Ceux d'Hélène, violets jusque dans la mort, semblaient regarder l'ombre avec douceur.

Le soleil luisait toujours, dans l'immense azur, clair, impassible.

Je regardai Alexis. Il me parut très-calme ; une larme amassée s'arrêtait entre ses cils.

Sur un signe qu'il me fit, j'entrai dans la gondole mortuaire et m'assis à ses côtés.

Il parla à demi-voix : — Voici ce qui s'est passé. Il me faut tout vous dire dès à présent. Plus tard peut-être je ne le pourrai pas.

Vous vous rappelez notre rencontre aux Eaux-douces d'Asie. Vous étiez venu à Constantinople pour vous reposer, ce me semble. Vous passiez votre vie à vous reposer. Le mois sacré du *dhul-kajja*, avec ses fêtes du grand Baïram, n'était précisément pas bien choisi. Vous vous plaignîtes à votre banquier, qui était le mien, de la sonorité des bombances, de l'agitation folle de ces nuits de carnaval avec leurs farces en plein vent, leurs orchestres dans les carrefours, et il vous invita à venir à sa maison d'été sur la rive asiatique du Bosphore.

Il m'y avait conduit la veille, et avant moi bien d'autres, car il n'aimait rien tant que la nombreuse compagnie.

La nombreuse compagnie ne lui faisait jamais défaut.

C'était un type curieux que M. Peyron.

On m'a raconté son histoire dans le fumoir même de sa maison de banque, rendez-vous des étrangers de passage à Constantinople, des riches oisifs de la ville, des admirateurs de Mme Peyron, des amis de son mari.

Fils d'une Grecque et d'un Français, tous les deux pauvres et obscurs, il était né avec une grosse faim d'argent, des appétits de loup, qu'une existence étroite où il tourna comme une bête enfermée jusqu'à la mort de son père, avait irrités et envenimés.

Orphelin à vingt ans, il se lança, avec un héritage de mille piastres et une volonté tendue comme un glaive, dans toutes les aventures. Il jongla avec des affaires véreuses, des tripotages dangereux, des consciences vendues, des femmes achetées, rampant, s'embusquant, sautant tous les fossés, quitte à se casser les reins, se souciant peu des moyens ; les plus prompts lui semblaient les meilleurs pour réaliser son rêve de colossale fortune.

Cent fois il culbuta et se retrouva victorieusement sur ses pieds.

Chose étrange, cet homme était artiste, artiste jusque dans les plus intimes parties de son être.

Le cauchemar douloureux de cette fièvre chaude des millions c'était le luxe choisi, féerique, les belles choses, auxquelles l'or peut fournir. Il en avait comme une démangeaison physique.

A quarante ans, il sortait de toutes les boues, riche de quarante millions, et s'asseyait sur le succès comme sur un trône.

Il étala alors sa fortune au grand jour, dépensa un argent fou à faire bâtir son *konak* du Phanar, sa maison de banque de Galata, et son palais du Bosphore, il eut des quadriges de purs sangs, des calèches signées Laurenzi, des esclaves syriens, des chiens de Laconie, de vieux meubles en bois sculpté de Verbruggen, des collections d'objets d'art, des chinoiseries, des tableaux, des statues, une bibliothèque d'érudit, une salle de bain en marbre cipolin, les merveilles de la flore exotique, des oiseaux du Cap, des flammants roses, un blason, de la considération, des amis.

Il eut aussi une femme, une perle de la plus pure eau, la fille du gouverneur d'Erzeroum, Sophie.

Il l'avait vue enfant, jouant sur la plage de Buyuk-Déré, et promettant tout ce que depuis elle a magnifiquement tenu.

Il la rêva comme il rêvait les émaux de Bernard Palissy.

Sophie avait quatorze ans lorsqu'on l'accorda à M. Peyron. On ne refuse rien aux millions, même dans la Turquie d'Asie.

A peine marié, M. Peyron se remit à pétrir l'or, laissant à sa femme une liberté absolue.

L'enfant s'amusa, donna des dîners où l'on mangea plus de *rahatlikoum* et de pastèques que de gigots, cultiva des fleurs rares, éleva des oiseaux, fit des goûters sur l'herbe, des promenades sur le Bosphore, acheta des chiffons, commanda des robes, puis s'ennuya, demanda un professeur de chant qu'elle renvoya pour un professeur de langues, s'en lassa à son tour, se mit à lire, et ne s'ennuya plus.

Les livres lui ouvrirent d'étranges échappées sur le monde, sur les hommes, sur elle-même, sur la vie.

Elle comprit bientôt qu'il y avait dans l'existence humaine autre chose que les joies de l'argent, l'étalage et la mise en scène des formes raffinées du luxe, elle comprit et chercha l'amour.

Elle ne le chercha ni dans les petits nuages couleur de rose que les brises de mai font voyager sur le Bosphore, ni dans la petite fleur bleue de l'idéal, ni dans les étoiles et la lune.

Avec la fatalité physiologique, l'instinct mystérieux, la sourde attaque d'un corps doué de toutes les perfections physiques, ses visions tumultueuses, dévorantes, furent de joies terrestres, mais de joies exquises, extraordinaires, uniques, dont l'envie, la volonté persistante, déterminée, la sauvèrent des liaisons banales aux vulgaires plaisirs.

Elle a dit, avec une charmante originalité, à un de ses amoureux, que si l'ignorance du corps avait accompagné chez elle l'ignorance d'esprit, elle eût peut-être posé sur la tête d'un élu ce qui allait et venait dans son imagination. Sa science de mariée la servit.

Dans le tapage des adorations, des regards et des soupirs que lui adressait la légion de ses poursuivants, elle retrouvait implacablement et avec une désespérante monotonie, le néant des soupirs, des regards et des paroles de son mari.

Elle voulait autre chose, un langage inventé pour elle, et qui n'eût jamais servi; l'emportement d'une émotion originelle, les accents enfin qu'elle trouverait, croyait-elle, le jour où sa chair de feu et son cœur de flamme pourraient s'assouvir dans l'amour.

L'amour n'est pas comme la fortune, il ne veut pas qu'on coure après lui.

Sophie Peyron n'aima point et finit par se dire que ce qu'elle cherchait n'était peut-être pas dans les possibilités humaines.

Une fille lui naquit. Elle se jeta violemment à l'amour de cette fille.

Toutes les richesses inactives de son cœur, toutes les palpitations de son sang, elle les mit dans les éperdûments d'une furieuse passion maternelle.

A cette époque, son éclatante beauté donna à tous les yeux une fête nouvelle. Chose bizarre, pour beaucoup, cette beauté en se transfigurant fut à la fois une épouvante. De larges regards où par moments les orages intérieurs passaient comme de rouges nuées, des narines mobiles aspirant l'impossible, des lèvres d'une pourpre enflammée de fleur de cactus où riaient des dents mignonnes, aux pointes acérées et comme douées d'une faculté de sensation, étrangement significatives, l'incompréhensible anomalie d'un calme hautain de l'ensemble de la physionomie, — elle fascinait et effrayait à la fois comme un éblouissant précipice.

Le nombre des courtisans diminua. Tous restèrent ses amis.

Je retrouve encore aujourd'hui, frappés sur ma mémoire en lignes vivantes, profondes, tous les détails de ma première visite.

La maison était vide. La dame du logis avait mené ses hôtes à Scutari.

Après m'avoir fait admirer l'architecture de son palais Renaissance trop modestement nommé villa Peyron, le banquier me demanda la permission de me quitter pour aller s'habiller, m'engageant à prendre le frais pendant ce temps sur la terrasse plantée de sycomores.

Elle faisait le tour du palais et s'arrondissait sur une de ces grandes vues de l'Orient, luxe de roi qu'un mendiant là-bas a pour rien : le golfe immense de Nicomédie miroitant au soleil et dominé par les cimes neigeuses de l'Olympe de Bithynie ; la mer de Marmara berçant les îles des Princes sur ses larges écailles ; la Corne d'Or avec son éblouissant panorama de mosquées de marbre, de minarets d'or, de kiosques fantastiques, de jardins suspendus, de jeunes palais et de vieilles maisons ; la double traînée de verdoyantes cultures et de collines couronnées de villas bleues, blanches, vertes et roses entre des massifs de pins d'Italie, de platanes, de cyprès et de térébinthes, sur les rives du Bosphore.

Je fis quelques tours, puis avisant à l'une des extrémités de la terrasse un petit pavillon chinois fermé de stores en roseaux clissés, et me sentant las, j'y entrai.

Nous étions à la fin du mois de juillet, au plus fort de la chaleur, et je m'étais traîné toute la journée dans les rues de Constantinople, flambante et crépitante sous un soleil de plomb.

Dans l'ombre bleue et fraîche du pavillon, un divan bas étalait à ma fatigue les tentations de ses larges coussins. Je m'y laissai tomber. Je regardai pendant quelques minutes les dragons aux ailes onglées et les mandarins prenant du thé, peints en bleu sur la corniche, et je m'endormis.

Mon sommeil fut lourd et accablé. Je ne dormis pas longtemps. Quand je m'éveillai, je ne sais quel travail sourd s'était fait dans mon cerveau. Moi qui ne pensais jamais à ma vie, je la passai en revue.

Elle me sembla plate, pâle et vide. Je me mis à rire.

Avec un immense patrimoine, un nom qui me recommandait, la jeunesse, la santé, une bonne tournure, dans mon trousseau d'existence, je n'avais eu qu'une chose à faire, c'est d'être heureux, et aussi loin que je retournais en arrière à travers mes souvenirs, j'y avais réussi. Je ne connaissais personne au monde que je pusse envier. Jamais de caprice, de volonté, qui ne fussent accomplis. Aucun souci de l'avenir. Une atmosphère d'or qui serait demain ce qu'elle avait été la veille.

J'étais heureux, cela est certain.

Je me rendormis ou plutôt je me laissai glisser à une somnolence vague, où l'intelligence s'en allait et revenait, atteignait et quittait ma cervelle, qu'elle finit par envahir. Je raisonnais mes bonheurs et je m'attristais. Je ne sais quel instinct défaisait mes raisonnements. Mon âme leur opposait des clameurs étranges qui s'élevaient, précisant l'instinct cruellement. « Le contentement facile de petits appétits, l'écrasante monotonie des jouissances limitées, empruntées à la circulation, de pauvres fantaisies, — quelle vie, bon Dieu quelle vie ! »

Je me levai d'une pièce.

— Ah çà ! j'étais fou d'avoir pris cela pour du bonheur, murmurai-je.

L'ennui criait du fond de mes veines.

Par une association d'idées incohérentes, je pensai à l'histoire de Sophie Peyron. Elle ne s'était point trompée, il y avait dans la vie autre chose. Quelle autre chose ? Elle avait cherché.... et n'avait pas trouvé.

Je m'étais rassis. J'avais pris ma tête entre mes deux mains. Je cherchais aussi. Mes yeux étaient chauds et lourds ; je les fermai. J'étouffais.

— Mme Peyron n'a rien trouvé et ce qui pis est, s'est consolée, et moi je suis sous l'influence de la brise de terre, sirocco de la Turquie. Dans une heure ou deux, dès que le vent de mer soufflera, je me porterai bien et je rentrerai dans la vérité des demi-moyens, des demi-joies et des demi-appétits.

Je me levai brusquement.

Devant moi deux magnifiques yeux violets, grands comme des étoiles, riaient aux larmes, mais sans bruit. Ces yeux appartenaient au visage mignon et fin d'une enfant qui se tenait sur le seuil du pavillon et dont je n'avais pas entendu la venue. C'était un petit être étrange vêtu à l'orientale : robe en soie d'Agra brodée d'oiseaux, d'animaux et de monstres de toutes les formes et de toutes les couleurs, montant jusqu'aux hanches, chemise de soie crêpée aux raies opaques et transparentes, ceinture de cachemire piquée de points phosphorescents, babouches d'une mignonne petitesse à bouts retroussés en toits chinois, les pieds nus cerclés d'or aux chevilles. Une masse de cheveux blonds retenus au sommet de la tête par une vipère d'émeraude, tombait comme un manteau sur son corps fluet et élégant. Elle paraissait avoir six à sept ans.

— Comment vous nomme-t-on, ma belle enfant? lui demandais-je un peu confus, en me penchant vers elle et passant un bras autour de sa taille.

Elle glissa de mon étreinte, se raidit comme une couleuvre sur laquelle ou aurait marché dans l'herbe de nos lisières, et rapprochant ses sourcils arqués répondit durement et avec hauteur : — Je suis Hélène Peyron ; puis, se radoucissant aussitôt : — comme vous dormiez ! ajouta-t-elle avec un charmant rire d'enfant.

— On vous attend à dîner.

Nous entrâmes dans la maison.

Au milieu d'un immense salon, plus semblable à un musée d'objets rares et précieux qu'à un appartement moderne, entourées de tableaux de maîtres, de sculptures en marbres multicolores, de sphinx accroupis sur des socles en malachite, d'idoles égyptiennes, de vases étrusques, de pots du Japon, d'orfévreries, de tissus somptueux, de pyramides de plantes rares, de gerbes de fleurs des tropiques, sous la clarté des flambeaux de cent torchères, les éclairs des girandoles des lustres, de magnifiques femmes étaient assises, étalant le luxe barbare de lourdes étoffes chamarrées, le rude bariolage de soies roussâtres zébrées d'or, la magnificence des vêtements orientaux couturés de rubis, d'émeraudes et de perles.

Elles causaient avec les hommes debout derrière leurs fauteuils, riaient, agitant de larges éventails de plumes d'autruche montés sur des manches de bois de santal, qui échauffés par leurs mains, mariaient un luxe de plus, le luxe odorant et comme l'enroulement capricieux d'une phrase rêveuse autour de notes aiguës et métalliques, à l'éclatante richesse des objets d'art, à la profusion brutale de l'or, des étoffes précieuses, des joyaux.

De nouveaux convives arrivaient encore. Le bruit des voix grandissait, des rires d'oiseaux faisaient tinter les pendeloques des lustres de cristal, les traînes charmarrées se heurtaient, bruissaient sur les tapis, allumant des reflets qu'on eût dit sonores.

Une porte s'ouvrit à deux battants et un domestique prononça la phrase sacramentelle :

— Monsieur est servi.

Il s'effaça, livrant passage à une femme.

Il se fit un demi-silence. J'eus un éblouissement.

Cette femme était divine.

Arrêtée sur le seuil, elle se détachait dans l'ombre lumineuse du cadre de la porte avec l'attitude pleine de grâce, la simplicité sauvage des statues antiques.

Ses formes exquises se modelaient en courbures élégantes, en belles lignes serpentines, harmonieuses comme la musique, sous un surtout en satin noir avec des fleurs chimériques, fendu et rattaché par des boutons de diamant sur une longue jupe en tulle d'argent.

La régularité sculpturale, éginétique, des traits, corrigée, animée de toutes les acquisitions d'activité morale d'une intense originalité individuelle, c'était la beauté la plus complète qui eût jamais existé, la beauté dans toute sa plénitude d'achèvement par un splendide éclaboussement de vie.

Cela frappait surtout.

La vie frémissait dans ses étranges cheveux fauve pâle, où passaient comme des souffles vermeils ; elle débordait dans les affleurements du sang sous les transparentes blancheurs de la gorge, des bras et des épaules ; elle vibrait dans l'indéfinissable et rouge sourire où scintillaient des dents fines et aiguës du plus bel orient, se dressait avec l'appel du vertige dans ses yeux extraordinaires, changeants, tantôt limpides et étincelants comme une eau de source dont le fond serait semé de pierreries, aux larges regards clairs et tranquilles, tantôt allumés à je ne sais quel foyer intérieur, promettant toutes les joies possibles de l'existence humaine, avec les persuasifs reflets de leurs brasiers aveuglants.

Tout s'effaça autour de moi. Les magnificences du salon, le bouquet vivant des plus belles fleurs de l'Europe et de l'Asie.

Face à face devant moi, je reconnaissais une tête, un corps que je n'avais pourtant jamais vus, la tête, le corps d'un rêve secret, d'une espérance inavouée, de la maîtresse pressentie et souhaitée.

Quelque chose se déchirait en moi, un voile

tombait; je comprenais que ma vie ne datait que
de ce moment, et que le soleil d'un premier et
dernier amour se levait sur ma vie.

On passait dans la salle à manger.

Dans mon corps couraient de longs frissons.
Dans ma tête toutes mes idées tournaient en rond.
Je les perdais tout à coup, les retrouvant dans les
plis de sa longue jupe d'argent qu'elle traînait
avec une lassitude charmante et qui emportait
mon cœur, mes volontés, mon esprit.

Je suivis le défilé machinalement, je m'assis à
une table fabuleusement servie, je mangeai, je
bus, mais je ne sentais aucun goût aux plats les
plus choisis, et les vins de Crète, de Syracuse et de
Massique qui écumaient dans les verres de Venise
m'alourdissaient le cœur.

Autour de moi, montaient en fusées éclatantes
la verve et la gaieté des convives.

Un instant je fus pris de rage contre tous ceux
qui étaient assis à cette table, et qui pouvaient se
passer des plats, demander à boire, être gais, répondre par un bavardage heureux à des sourires.
Ils n'avaient donc pas besoin de cette femme pour
vivre, boire, manger et rire.

Elle appuyait la nuque contre le bord capi-
tonné d'un grand fauteuil, le cou allongé, s'offrant
avec une sorte de coquetterie inconsciente aux regards, à la démence des désirs, superbe, tranquille.

Je crois qu'on me parla et que je répondis par
des mots incohérents, qui durent donner ce soir-
là, la plus pauvre idée de mon intelligence.

Enfin elle se leva, tout le monde l'imita, et on
passa dans le salon où le café était servi.

Je m'oubliai en face des débris du dessert, dans
un affaissement vague, sans courage pour me
lever.

La voix de M. Peyron m'arracha à ma torpeur :

— Ma femme vous demande, Alexei Alexeiwitch.

Je crus avoir mal compris, et je le regardai,
surpris. Mme Peyron n'avait pas levé sur moi un
seul de ses regards; nous n'avions pas échangé
une parole.

— Ma femme vous demande, répéta le banquier.

Je rentrai dans le salon. Il y était venu beaucoup

de monde. Je cherchai longtemps des yeux la maîtresse de maison. Je la découvris enfin, adossée au socle de malachite soutenant un des grands sphinx qui s'allongeaient aux quatre coins.

Dans sa robe de satin noir, la gorge blanchissant sous les clartés chaudes, ses cheveux fauve pâle aux éclairs vermeils, elle ressemblait à une de ces larges fleurs de Java, dont le parfum fatal rend fou celui qui le respire.

Il me fallait traverser le grand salon dans toute sa longueur. Dès les premiers pas, son regard luisant s'attacha sur moi comme une barre de feu. Il me sembla que je n'en finirais jamais d'arriver jusqu'à elle. Les groupes d'hommes et de femmes sur mon chemin grossissaient; les causeuses, les fauteuils, les pouffs, les siéges volants, les tabourets, les piles de carreaux se multipliaient; les laquais qui promenaient des plats d'argent chargés de glaces m'arrêtaient, le salon s'allongeait. Les mots : ma femme vous demande, au milieu de cela m'obsédaient. — Qu'est-ce qu'elle va me dire?... je me répétais cela sans cesse. Ses yeux changeants étaient maintenant d'or vert, et me regardaient étrangement, exquis et monstrueux.

Une sensation physique de malaise, d'inquié-
tude, de peur, me faisait aux tempes comme un
bourdonnement. J'entendais battre mon cœur
comme une montre accrochée à mon oreille.

... Le salon s'allongeait, s'allongeait, indéfini-
ment.

De nouveaux groupes d'épaules de satin et d'ha-
bits noirs à traverser, de nouvelles variétés de
siéges à contourner, se présentaient sans cesse à
mes pas.

Chose étrange, j'aurais voulu rester toujours en
route, ne pas avancer. Je tressaillais à l'idée de
me trouver devant elle.

— Qu'est-ce qu'elle va me dire ?... et que lui
dirai-je ?... Je sentais un douloureux battement
dans ma pensée, sourd et continu.

Au-dessus d'elle, le sphinx, dans sa pose de chat
accroupi, avait un sourire cruel.

... Une main froide comme le marbre se posa
sur la mienne qui brûlait.

C'était fini ; j'étais arrivé.

Et comme une espérance, se levait en moi, avec
de furieux désirs, l'idée qu'elle avait à me dire
quelque chose, un mot, que je savais déjà, que

j'avais oublié, que mon esprit tendu ne pouvait retrouver...

— Une tasse de café, Alexei Alexeiwitch?

Je l'aurais étranglée.

Je levai sur elle des yeux de brute, et je m'élançai hors du salon.

Quelques heures plus tard, un domestique venait me chercher de la part de Mme Peyron, et m'introduisait dans son appartement particulier, me priant d'attendre.

D'abord je pensai que j'étais le jouet d'une illusion magique, mais après avoir bien regardé autour de moi, de tous côtés, palpé les meubles et m'être assuré que j'étais réellement chez Mme Peyron, seul, au milieu de la nuit, avec cette facilité que l'on a dans les surexcitations nerveuses, d'admettre sans étonnement, les événements les plus extraordinaires, les plus bizarres aventures, je finis par ne voir rien là que de parfaitement naturel.

Je l'aimais, elle m'aimait, quoi de plus simple?

Et je trouvai tout aussi simple, les convolvulus qui couraient sur le satin blanc des murailles et du plafond, avec un feuillage d'émeraudes et des clochettes idéalement carnées, trempées de rosée en perles. Toutes les clochettes que j'avais vues dans les haies et sur le bord des fossés, étaient ainsi. Et les grands papillons aux ailes d'azur changeant qui se posaient sur les fleurs et sur les feuilles, je leur avais toujours vu des yeux en diamants et de petites pattes veloutées en or bruni. Je suivais leur vol parmi les enroulements des griffes, des vrilles et des tiges des campanules, le long des draperies des doubles portières et des rideaux des fenêtres; ils reluisaient, chatoyaient, tourbillonnant sur la tenture des siéges bas, des fauteuils en bois de citronnier très-pâle, qui posaient des pieds d'ivoire sur une incrustation de lapis-lazuli et de mosaïques étincelantes, où, reproduisant le motif des tentures, autour des clochettes carnées qui filaient, se coulaient, s'allongeaient sans fin dans l'émeraude des verdures, leur azur flottant poursuivait son interminable ronde.

Par moments, la lumière d'une lampe étrusque posée sur un guéridon de nacre, me faisait cligner les paupières comme une clarté de soleil.

Je ne sais pas combien de temps j'attendis, ni quand elle entra, ni ce que je lui dis.

Quand je sortis, Sophie Peyron était à moi.

Elle s'était donnée en grande dame, avec la belle impudeur d'une âme vaillante et fière, sans rougeur et sans réserve, immolant toutes les répugnances et toutes les délicatesses, toutes les opinions préconçues et tous les principes acceptés, pour venir à moi, qui n'eus point osé aller à elle.

Tant de choses nous séparaient; son mari, l'enfant dont elle raffolait, son air de contentement, cet air de contentement surtout. Je serais mort avant que de tenter de combattre tous ces obstacles! Mais dès le premier regard que j'avais jeté sur elle, elle avait compris que je l'aimais et senti qu'elle m'aimerait, tout d'un coup, par un tressaillement soudain, m'a-t-elle dit.

Six semaines après, elle quittait avec moi la maison de son mari.

J'avais obtenu tellement au delà de mes plus folles espérances, la réalité avait tellement dépassé les plus extravagants désirs, que dans le délire de ce bonheur, je la voulus à moi, toute à moi, loin des rives du Bosphore, où je ne pouvais me parer librement, à tous les regards, de mon précieux joyau, ma félicité et mon orgueil.

Je voulais aussi être seul chargé d'elle, seul à l'aimer, seul à remplir sa vie. Sous ma main, sous mes yeux, sous ma tendresse, elle m'appartiendrait mieux et de plus près, par tous les liens.

Et puis il y avait un grain de sable dans tout mon bonheur. Ce n'était rien pourtant qu'une piqûre, une piqûre non pas même au cœur de l'amant, mais au cœur de l'homme, dont la loyauté, la délicatesse se trouvaient froissées, mortifiées par les serrements de main du mari.

Elle partit comme elle s'était donnée, sans hésitation, sans lutte, emmenant Hélène.

L'éternelle question du cœur aux prises avec les lois sociales ne fut même pas soulevée entre nous.

Au-dessus des considérations du monde, des voix des conventions et des habitudes, il y avait la logique d'un immense amour.

Nous allâmes à Naples où nous nous installâmes dans une villa sur les bords de la mer.

Quelques mois après la fuite de sa femme, M. Peyron lui fit parvenir sa dot et toute la fortune qu'elle avait apportée à la communauté. Il n'avait pas épousé Sophie par amour, et il acceptait la rupture, sans fureurs ni récriminations, avec l'élégance et les belles manières de ses millions. Il redemandait sa fille que nous refusâmes d'emblée.

Comment vous décrirai-je maintenant les inoubliables années que j'ai passées dans la plénitude du bonheur, dans toutes les gloires de l'amour, et toujours plus affamé, toujours avide de Sophie, dont la possession, cette possession qui chez d'autres désenchante et tue l'amour, était une source d'inépuisables ivresses.

Le monde extérieur n'exista pas pour nous. En dehors de nous, ni jouissance, ni intérêt. Notre passion anéantissait l'univers.

L'absorption de nos deux êtres dans une même pensée, avait fini par fondre nos existences dans une seule et même individualité. Nous étions si puissamment liés que la balle qui aurait frappé l'un aurait tué l'autre sans le toucher.

C'était le paradis.

Or, il n'est pas de paradis excluant l'homicide pouvoir du malheur.

Une tragique énigme fait le guet, vivant dans l'ombre.

Avec une sinistre patience, l'hospitalité de cette gueule ouverte laisse entrer l'homme dans le bonheur, s'y installer, y prendre racine par toutes ses fibres et dans tous les recoins, elle s'amuse sournoisement à grossir même les félicités, à les empâter en quelque sorte, pour se préparer une succulente nourriture, — puis l'inexorable destin vient frapper à votre porte.

Il frappa à la mienne sous la forme inoffensive d'une lettre datée d'Erzeroum et adressée à Sophie.

Nous étions dans la quatrième année de notre séjour à Naples, et aux premiers jours du printemps. Tout était neuf dans la nature ; les lavandes bleuâtres, le feuillage des buis, les petites fleurs roses des pêchers, les parfums des amandiers. Partout une divine plénitude, l'épanouissement d'une grande harmonie. Dans l'herbe, les achillées, les marguerites, les crucifères, les muguets tremblaient sous la brise tiède comme sous des baisers. Sous un ruissellement d'or, la mer affleurait sur le sable nacré avec de lumineux murmures. Naples profilait joyeusement les dômes des églises, les façades des palais, les hôtels du quai de Santa Lucia, les tours à moucharabys du Palazzo Nuovo, l'Arsenal et les vaisseaux du port. A l'extrémité de la baie, le Vésuve fumait doucement comme une cassolette. Des oiseaux chantaient.

C'était comme un immense signal de bonheur.

Nous étions dans le jardin quand on remit une lettre à Sophie. Nous la lûmes ensemble : sa mère se mourait et la mandait à son lit d'agonie.

Mes yeux s'arrêtèrent sur ceux de Sophie. Je les fermai aussitôt; un souffle dévorant passait sur mon front comme le vent du désert.

Je connaissais ce regard de subite résolution; deux fois je l'avais vue regarder ainsi ! Il s'y mêlait cette fois l'inutile pitié de ceux qui ne peuvent rien contre l'irréparable malheur qu'ils vont infliger.

Je tombai sur les genoux, la face en sueur, joignant les mains, demandant grâce.

— Non, non, tu ne partiras pas, m'écriai-je, pitié ! je ne le veux pas! c'est impossible !

Ce que je ressentais n'était pas de la douleur,

11

du désespoir ; c'était un foudroiement, une sus-
pension de vie.

Je ne pouvais l'accompagner ; voilà ce qui
traversa mon esprit de part en part comme un
éclair aigu. Je ne le pouvais pas, à cause d'Hélène,
que depuis longtemps, foulant la vie ordinaire aux
pieds avec une sublime insouciance, 'elle faisait
passer pour morte, imaginant la soustraire mieux
ainsi aux réclamations de son mari. Elle ne pouvait songer à emmener l'enfant dans la circons-
tance présente ; d'un autre côté, je la connaissais
assez pour être sûr que jamais elle ne consenti-
rait à abandonner Hélène seule à Naples, à d'autres soins qu'aux miens.

Elle partit le soir même.

J'ai été inexact tantôt dans mon récit. Hors de
nous, disais-je, nul intérêt dans la vie. Il y en
avait un très-grand pour Sophie : sa mère. Elle
lui était fort attachée, et l'idée de la douleur immense qu'elle lui avait infligée en me suivant avait
même pendant longtemps fait saigner son cœur. Je
ne l'en chérissais que davantage, car ce généreux
sentiment ne pesait pas à notre amour. Avait-elle
hésité le jour où il lui avait fallu choisir entre la

tendresse filiale et sa passion d'amante ? Et lorsque cette mère, qui à la longue avait paru se ré-
concilier avec le bonheur de sa fille, lui écrivait :
« Viens pour une heure, mais viens ! Que j'étan-
che mon cœur d'un peu de toi avant de mourir ! »
pouvait-elle ne pas voler vers Erzeroum ?

Nous l'accompagnâmes avec Hélène jusqu'à
Malte où nous reprîmes le chemin de Naples.

Les premiers jours de mon abandon se passèrent mieux que je ne l'aurais cru. Ils furent
remplis, occupés par Hélène, qui s'imposait à mon
anxiété, à mes soins, le matin, le soir, le jour, la
nuit. Cette enfant, qui n'avait jamais quitté Sophie,
allait-elle s'attrister, pleurer et dépérir ? Je m'in-
géniai si bien, qu'il n'en fut presque rien.

Je recevais journellement des lettres. La malade
s'éteignait lentement. Je tâchais de réprimer mes
impatiences.

Il y avait près de six semaines que Sophie
m'avait quitté, lorsqu'elle m'annonça la plus inat-
tendue des nouvelles : sa mère était hors de dan-
ger. Une crise s'était déclarée, suivie d'un mieux
sensible ; la bataille de vie était gagnée, la mort
accordait un sursis indéfini. Je ne sais pourquoi

cette lettre, à part le bulletin de santé communiqué avec effusion, me parut contrainte, presque ambiguë.

J'envoyai une dépêche, avec ces mots : « A quand le retour ? » Elle resta sans réponse. J'en envoyai une autre, dix autres... Rien — un silence de mort.

Je redoutais tout, sans pouvoir donner un corps à ce tout et à mes appréhensions. De cruels soupçons me venaient à l'esprit. Je jugeais et raisonnais la nature prime-sautière de Sophie; je me demandais si des éléments de faiblesse, d'inconsistance n'entraient pas dans les élans de volonté de ces sortes de natures. Le souvenir de certaine nuit bénie m'était honteux et douloureux.

A mes pieds, ce lourd boulet : Hélène !

L'ai-je assez maudite, pendant ces jours où j'ai sué l'angoisse et l'agonie de mon impuissante immobilité ! De sombres convulsions de désespoir me poussaient à toutes les folies. Mon amour aurait tout couvert; il eût racheté un crime. J'ai roulé pendant des jours entiers dans ma tête, des problèmes terribles qui la mettaient à feu, changeant l'aspect des choses impossibles.

Hélas ! si l'on savait ce que peut devenir le poids d'une parole donnée.

Enfin m'arriva une lettre : « Quand vous re-
« cevrez ces lignes, Alexis, disait-elle, j'aurai quitté
« avec ma mère, Erzeroum. J'ai succombé dans
« une lutte cruelle et sans relâche, où je me suis
« débattue à me briser. On m'a fait beaucoup de
« mal, et j'en ai fait aussi. Aujourd'hui je suis
« vaincue. Un vœu fait au lit de ma mère mou-
« rante, un miracle qui a suivi ce vœu nous sépa-
« rent à jamais. Je suis morte pour vous, Alexis…
« La morte vous lègue sa fille. Je fais plus que
« vous la léguer, — je vous fiance à cette enfant.
« En prenant Hélène pour femme, vous serez
« encore à moi, qui l'ai faite avec tout mon être.
« C'est la dernière volonté de,

« SOPHIE. »

Quand j'eus achevé la lecture de ces lignes, j'éprouvai le soulagement des anxiétés horribles : la certitude d'un épouvantable désastre, et par une singulière réaction, je devins calme. J'appelai Hélène, je lui dis, cruellement, durement, que sa

mère était morte, que j'étais son tuteur, et comme
elle pleurait, je la priai d'aller se désoler ailleurs
et de me laisser tranquille. Je donnai ensuite des
ordres à nos gens. Je voulais partir tout de suite,
sans savoir où j'irais, pour m'éloigner.

Au moment du départ, je m'effondrai sur moi-
même.

Je fus six mois entre la vie et la mort, et six
autres mois dans un état de convalescence pré-
caire, toujours à la veille d'une rechute.

Ce fut Hélène, âgée de neuf ans à cette époque,
qui, précoce en tout, me soigna avec les facultés
d'une femme dans sa puissance adulte. Elle manda
les premiers médecins de Naples à mon chevet,
et comme ils me le racontèrent plus tard, me
sauva par l'intelligence qu'elle mit à exécuter leurs
ordres, surveillant les gardes, ne se fiant à personne, me veillant elle-même avec un entêtement
muet.

Au bout d'un an je fus sur pied, mais avec une
maladie autrement incurable que la maladie cata-
loguée, aux symptômes connus, dont on m'avait
guéri.

Une révolte sourde, contre cette force morale,

plus puissante que celle de notre volonté et des événements, et qui forçait deux êtres heureux à renoncer volontairement au bonheur, me minait lentement; les fantômes de ma félicité morte, de cette époque d'amour et d'enchantement à jamais éclipsée, brisaient en moi les ressorts de vie. Elle s'échappait par une de ces fentes invisibles, dont l'homme est plein au dire de Térence, et je n'avais pas la volonté de l'empêcher de fuir.

Par moments, je ne comprenais pas comment tout ce qui avait disparu ne m'avait pas entraîné; il me semblait faire un rêve, un rêve horrible qui se dissiperait; je me raidissais comme pour lutter contre un cauchemar affreux; mais le douloureux enchaînement de mes pensées me ramenait à l'évidence palpable, aux témoignages impossibles à récuser de la réalité.

D'autres fois des rages insensées me prenaient. — Comment, criais-je, malheureux que je suis, le paradis s'est fermé et je reste stupidement assis sur le seuil, sans efforts pour me lever, sans courage pour essayer d'en enfoncer la porte, dussé-je y briser mes dents et mes ongles! Ces jours-là j'écrivais, je télégraphiais dans toutes les directions. J'appris que Sophie avait accompagné sa mère en Égypte, de là sur l'île de Madère, qu'elles avaient quittée après six semaines de séjour. Depuis lors, toutes les recherches furent vaines.

Il me faudrait inventer des paroles pour vous rendre tout ce que je souffris.

Ce qui m'arrivait, était une histoire très-simple, très-usée, elle m'était commune avec tous ceux qui avaient aimé et s'en étaient mal trouvés, mais cette vieille histoire, comme dit la chanson de Heine, reste toujours nouvelle, et celui à qui elle arrive en a le cœur brisé.

Je quittai Naples. Les murailles de la maison qui m'avait vu heureux, parlaient trop.

Après quelques mois perdus dans un vagabondage sans but, je conduisis Hélène à Munich où je chargeai les meilleurs professeurs de son éducation. On lui montrait les langues, les sciences naturelles qu'elle aimait de passion, la musique, le dessin, et elle travaillait avec un insatiable appétit d'esprit.

Je ne m'intéressais que médiocrement à ses progrès. Je crois que si j'avais pris quelque plaisir à m'occuper d'elle, elle m'eût aidé à remplir le vide du temps qui pesait lourdement à mes vingt-neuf ans. Mais je haïssais cette enfant.

N'était-elle point la cause première de mon infortune ? Sans elle, n'aurais-je point accompagné Sophie à Erzeroum ? Et forte de ma présence, celle-ci se serait-elle abandonnée à de fatales influences ?

La dernière volonté de Mme Peyron, cette volonté qui follement m'accouplait à sa fille, ajoutait à ma haine. Ces fiançailles me semblaient la plus monstrueuse des aberrations ; je n'y concevais rien, je n'y comprenais rien. Tout en elle était donc brouillé et renversé. Aimer la fille après avoir aimé la mère ! Ma raison s'en allait devant cet odieux spectacle. Mon cœur d'ailleurs était mort. Nul miracle ne saurait l'appeler à la vie. J'acceptais le legs, j'élèverais Hélène, qu'on ne m'en demande pas davantage.

J'avais décidé à part moi qu'à seize ans je lui signerais sa feuille de route. Sa dot (je me proposais de l'instituer héritière de ma fortune) et sa beauté en feraient un parti désirable et je n'aurais pas de difficulté à lui trouver un mari.

Je la haïssais donc et mon horreur croissante

éleva un mur d'acier entre nous, doucement mais d'une résistance impénétrable.

Hélène semblait en avoir conscience. Chose étrange, elle ne me demanda aucune explication de l'altération graduelle de nos rapports. Son maintien fut admirable de tact, sa conduite désespérante de force, de grandeur, de réserve. Je dis désespérante, car je ne pouvais pas me dissimuler que l'enfant ne souffrît, et d'autant plus que sa jeunesse devait lui donner des soifs d'épanchements, de cuisants besoins de tendresses; je le voyais bien, je sentais la pensée fixe de ce qu'elle ne disait pas, circuler dans ses veines, je la surprenais dans ses yeux. Perverti comme je l'étais par ma douleur, cette discrétion même de la souffrance me jetait au cœur d'âpres ressentiments.

J'arrivai à ne pas pouvoir supporter l'attouchement de ses doigts, lorsqu'elle me souhaitait le bonjour; l'enfant, d'instinct, cessa de me tendre sa petite main.

Nous passions les étés sur les bords du lac Stahrenberg, à trois heures de Munich, dans un chalet à l'entrée des Alpes bavaroises.

Hélène, escortée de deux chiens de Norwége,

de bon nez et de bonne garde, courait les bois, herborisait, pêchait des truites dans le lac. Le soir elle faisait de la musique. Elle y avait pris goût subitement, lors de notre quatrième séjour à Stahrenberg, à la suite d'une grande secousse.

A vingt minutes du chalet que nous habitions, se trouvait une grande maison à tourelles qui pendant les premiers mois de la belle saison, était restée inhabitée. Un soir, Hélène rentrant de sa promenade, vit les portes et les fenêtres ouvertes, des domestiques qui allaient et venaient, des fourgons qu'on déchargeait. Au moment où elle passait, on déballait un piano.

Le lendemain, le hasard l'y fit repasser. Un chant qui sortait de la maison, la cloua sur place. Elle écouta en extase. Quand le chant se tut, elle marcha résolûment vers la porte, sonna et demanda le maître de la maison. Il vint, et elle le pria de lui dire le nom du morceau qui l'induisait à cette indiscrète démarche. L'homme sourit et répondit que c'était la ballade du second acte du *Vaisseau fantôme* de Wagner. Elle remercia, partit et le soir même écrivit à Munich pour demander toute l'œuvre de l'auteur du *Vaisseau fantôme.*

J'appris plus tard que ma pupille avait causé avec Richard Wagner en personne.

Tous les jours, Hélène erra pendant de longues heures dans les environs de la maison à tourelles, écoutant de toutes ses oreilles la musique qu'on y faisait incessamment. Lorsqu'elle rentrait, c'était pour aller droit à son piano où elle s'essayait à rendre les airs entendus. Son ardeur s'augmentait d'une sorte de lutte avec les impressions qu'elle apportait du dehors, et que ses doigts inexpérimentés refusaient de traduire. Elle faisait alors une besogne d'écolier, des gammes, des exercices pour devenir maîtresse de sa main et dérober à l'art tous ses moyens d'expression.

La maison de Wagner devint bientôt le centre d'un tourbillon. Des étrangers, des passants, des aventuriers, des artistes, l'aristocratie de Munich, la cour, le roi lui-même, allaient et venaient, à cheval, en voiture. Il y avait le soir des concerts qui se prolongeaient fort avant dans la nuit.

Hélène en perdait la tête.

Un soir, après dîner, elle alla se promener, comme elle en avait pris l'habitude, sur la lisière du

bois qui côtoyait la bruyante retraite de notre voisin. J'étais resté dans la salle à manger ouverte sur
un petit jardin et sur le lac, dont le chemin vicinal
seul nous séparait. Le domestique desservit la
table, alluma la lampe, apporta le café et je me
disposais à tuer la soirée comme je les tuais toutes
depuis quatre ans, en tête-à-tête avec le passé,
lorsque Hélène parut tout à coup sur le chemin.
Je n'attendais pas sitôt son retour. Elle hâtait le
pas, se retournant par moments. Elle ne fit qu'un
bond du jardin à mes côtés où elle s'arrêta fré-
missante de tout le corps. Tout aussitôt un
homme déboucha à l'angle du mur, passa devant
la porte, puis tournant sur ses talons, repassa et
disparut.

— C'est cet imbécile, dit Hélène, qui m'a
suivie.

— Votre chien Fenris n'était donc pas avec
vous ? demandai-je.

— Non ; je délaisse mes bêtes depuis quelque
temps, et elles me le rendent.

Sa voix était légèrement émue. Je la regardai.
Dans ses yeux assombris, brillaient les colères
d'une âme candide.

— Mon tuteur, dit-elle, pourquoi cet homme m'a-t-il suivie ?

Je la regardai une seconde fois. Elle se tenait toute droite, ses lourdes tresses blondes rejetées en arrière, sa robe de piqué blanc se cassant à grands plis; et le changement physique qui s'était opéré en elle, et dont je n'avais pas même remarqué les symptômes, éclata subitement à mes yeux. Je la considérais avec un étonnement inquiet.

Ce n'était plus la pensionnaire en vacances, qui, tête nue, les cheveux au vent, déchirait ses robes à toutes les broussailles, — c'était une splendide jenne fille, en plein développement, en pleine floraison, dont la beauté orientale, typique, devait souffler la passion dans le cœur de tous les hommes.

Elle répéta :

— Mon tuteur, pourquoi cet homme m'a-t-il suivie ?

Cette question me fit maintenant l'effet du rouge sur les taureaux. Je me levai mû comme par un ressort, je voulus courir, rattraper cet homme et le tuer. Cela ne dura qu'une seconde et fit place aussitôt à un transport de fureur contre le coup de vent qui avait emporté ma raison. J'étais honteux autant que furieux.

Comme Hélène attendait toujours ma réponse, je fis un violent effort sur moi-même et parvins à dire assez tranquillement, sur un ton badin : — qu'on l'aura prise pour une ondine avec sa robe blanche et ses tresses blondes, et qu'elle ferait mieux dorénavant de ne point sortir seule à la brune.

Je me rassis et elle passa au salon. Comme elle traversait la chambre, mille souvenirs fondirent sur moi avec la violence tumultueuse d'une marée. Le port, les mouvements, les lignes voluptueuses de sa mère !

Je la suivis machinalement. Elle s'assit au piano et joua toute la soirée.

Caché dans un coin obscur du salon, j'écoutai et je regardai en proie à une indicible émotion. Sa beauté dépassait celle de Mme Peyron. C'était l'éclat d'un rêve d'opium, une physionomie étrange, malgré ses classiques proportions. L'étrangeté était dans l'expression touchant presque à la tristesse qui contrastait avec les contours délicats et encore enfantins du masque coloré sous sa pâleur d'ambre, d'un rose naissant de fleur de camélia. Cette tristesse était grave et calme et à la fois effrayante, et elle me navrait le cœur. Qu'était donc ce mal inoubliable qui l'avait marquée ainsi de son empreinte ? Ses yeux s'arrêtèrent un instant sur moi, et mon cœur se serra sous leur regard énigmatique. Elle me sembla appartenir au monde fantastique dont ses doigts chantaient les merveilles. Son jeu était exquis et me remuait d'une dangereuse électricité.

Je sortis, je rentrai, puis je ressortis.

— Insensé ! misérable insensé que je suis ! criai-je dans les ténèbres croissantes de la nuit, marchant rapidement au bord du lac.

Je répétai cent fois que j'aimais Sophie, je me tordais les bras, l'appelant, contraignant mon imagination à l'évoquer, mais ma volonté me glissait entre les mains, et il se faisait dans ma pauvre tête de monstrueux changements à vue.

Mes rêves, mes contemplations, le regard que désespérément j'ancrais dans le passé, aboutissaient à deux lourdes tresses blondes, à deux mains exquisement blanches qui plaquaient de longs accords sur l'ivoire d'un clavier, à un visage pâle où brillaient comme des étoiles violettes, deux yeux mystérieux.

Et le testament de Sophie se déroulait devant moi en caractères de feu. Cette lumière me semblait empoisonnée, je cachais ma tête dans mes deux mains, mais j'entendais une voix crier : tu auras beau faire, tu n'y échapperas pas. — Alors je dis tout haut :

— Le passé est mort.

Le son de ma voix me réveilla..... Qu'avais-je dit ? De quoi s'agissait-il ?

Minuit sonnait quand je rentrai. Mon cœur s'était enfui, mais j'avais la libre possession de mes pensées et de ma volonté.

Le lendemain matin j'allai faire une visite à notre voisin et je lui demandai la permission de conduire ma pupille à ses soirées. Il m'accompagna pour l'inviter lui-même.

Dès ce jour, elle fut de toutes les fêtes, de tous les concerts, entourée, admirée, courtisée.

Tous les matins je formais le louable projet de m'en réjouir, et tous les soirs je rentrais la tête en feu, et employais mes nuits à converser avec

de lourdes pensées. Je ne pouvais pas me faire
illusion sur mes véritables sentiments ; j'avais en-
trevu le fond de mon âme ; mais je me défendais
bravement contre les trahisons de ma conscience.
J'avais juré que l'oubli, chez moi, n'engouffrerait
pas le lumineux, le radieux passé d'amour et de
bonheur. Je voulais tenir mon serment, dussé-je
en mourir.

Lorsque je souffrais trop, je me disais qu'après
tout j'avais le droit de ne pas marier Hélène du
tout. Vivre côte à côte sans lui montrer ce qu'elle
est pour moi, serait un supplice, mais ce supplice
avait d'alléchantes voluptés.

Le lendemain de ces nuits-là, je disais à la jeune
fille : — Restons à la maison, et elle y acquies-
çait volontiers.

Nous passions maintenant tout notre temps
ensemble; je l'accompagnais dans ses promenades,
à la pêche; nous causions. C'était une riche nature, vivante et généreuse, vibrant à tout avec une
délicatesse affinée, exquise, et possédant ce charme
souverain qui enchante la vie. Son rire me ravis-
sait, pareil à la phrase cadencée d'un oiseau. Jusque-là, je ne l'avais jamais entendue rire. C'était

encore un miracle de pureté, de rectitude, de ferme volonté.

Elle accepta ma société, mes soins, comme elle avait jadis accepté l'abandon et la solitude, sans marquer nul étonnement; comme autrefois, jugeant l'explication inutile. Se doutait-elle qu'il y eût entre nous un point délicat qui demandait à n'être pas éclairci?

Nous revînmes à Munich.

Dans le mois qui suivit notre retour, Hélène refusa trois demandes en mariage, le comte de L., entre autres, qui avait paru lui plaire, chambellan du roi, un parti excellent sous tous les rapports.

— Elle refuse aujourd'hui, pensai-je, mais demain, après-demain, quand il s'en présentera d'autres?

Je souffrais au point que ma santé commença à s'en altérer.

Un quatrième refus qui suivit de près les trois premiers, me fit imaginer des hypothèses avec des : Qui sait? qui surgirent effrontément et désespérément, comme des tentations. Elles m'assiégeaient, me bloquaient, montaient à l'assaut, emportant mon courage par lambeaux. Je n'en pouvais plus ; je voyais venir le jour de mon infamie.

Je voulus me perdre pour me sauver.

Je résolus de lui raconter l'histoire de mes premières amours.

— Quand j'aurai mis entre nous cet abîme, je recouvrerai la paix, me disais-je ; l'amant de sa mère ne pourra jamais lui demander son amour, ni lui parler du sien.

Je montai dans son cabinet de travail. C'était en novembre. Un grand feu brûlait dans la cheminée avec de vives clartés. Nulle autre lumière dans la chambre qu'envahissait le crépuscule.

Hélène, accroupie sur une peau de léopard, devant le feu, lisait.

— Hélène, dis-je brusquement en entrant, vous souvenez-vous de votre mère ?

Elle pâlit horriblement, je la vis chanceler ; au geste que je fis pour la soutenir, elle recula par un mouvement de terreur.

— Elle sait tout, pensai-je, et cette pensée se planta comme un coup d'épée dans mon cœur.

— Oh, dit Hélène, si je me souviens.

— Avez-vous jamais su pourquoi elle a quitté votre père ?

Je faisais des efforts surhumains pour déguiser le tremblement de ma voix qui défaillait.

— Oui, mon tuteur, fut la réponse.

— Pourquoi ? demandai-je haletant.

— Pourquoi ?... elle s'arrêta un moment ; sa tête éclairée par les flammes du foyer se présentait de face, ressortant vigoureusement sur le fond des ténèbres. Elle me parut absorbée dans e ne sais quelle anxiété pleine de songes. — Pourquoi ? répéta-t-elle....., elle était malheureuse à Constantinople.

Je perdis la tête. Je ne m'arrêtai pas une seule minute à la pensée que ce que je faisais était odieux; une soif horrible, l'envie perverse de la dangereuse vérité entre nous, m'affolait. Sans égards, sans respect, pour la pureté, la pudeur de l'enfant, je voulus la contraindre dans sa dernière réserve.

— Vous savez aussi à quel titre elle m'a suivi? demandai-je, et je détournai la tête instinctivement, comme pour échapper au coup de foudre que j'avais appelé....

— Mais — à titre d'ami, dit Hélène.

Je la regardai. L'expression de son visage, son air tranquille, révélaient une telle candeur, une honnêteté si haute et si parfaite, que je fondis en larmes.

Elle me regarda étonnée, presque effrayée, et d'un mouvement soudain, imprévu, se levant d'une pièce, se dressa sur la pointe des pieds pour arriver à ma hauteur et se jeta à mon cou de toute sa force.

Je la repoussai avec un effarement désespéré, je me traînai comme je pus jusqu'à la porte et à travers les couloirs jusque dans ma chambre, et après m'être assuré machinalement qu'il n'y avait personne dans le voisinage et qu'Hélène ne m'avait point suivi, je criai à tue-tête : — Nous sommes perdus, et je suis un misérable.

...... J'avais lu l'amour dans les grands yeux violets d'Hélène.

Vous devinez, mon pauvre ami, ce qui s'ensuivit.

Je luttai encore pendant quelque temps, mais l'honneur, le devoir n'enrayent jamais la marche des passions humaines.

Un jour que j'étais plus abattu que de coutmue
et que dans mon esprit détraqué, tourbillonnaient
informes, épars, ma liaison avec Mme Peyron et
sa conclusion lugubre, l'instinct qui me disait de
garder la foi promise par respect pour l'amour,
les dégoûts qui fanaient les plus belles années de
ma jeunesse, mon existence vide, nue, décolorée
et sans but, le supplice le plus cruel de tous : la
conscience d'un nouvel amour, aussi fougueux,
aussi indomptable que le premier, la honte de
consommer la sublime immolation de Mme Peyron,
qui, il y a six ans, avait arrêté sa pensée sur ce
dénouement, l'honnêteté qui me commandait de
fuir ou de me tuer plutôt que d'accepter l'amour
de son enfant, — Hélène entra dans ma chambre.

En me voyant pâle, affaissé, elle prit mes deux
mains entre les siennes, et s'agenouillant devant
moi, elle dit, grave et émue :

— Vous souffrez, Alexis ?.... Qu'avez-vous ?

J'étouffais. Mon nom dans sa bouche me sembla une suave mélodie.

— Je t'adore, murmurai-je.

Elle tomba dans mes bras.

Six semaines après nous étions mariés à Venise.

Le paradis se rouvrit pour moi.

J'aimais ma femme avec la plus ardente idolâtrie d'amour et ma femme était un diamant divin. Pas une ombre à cette lumière. L'amour me souriait les mains pleines de fleurs.

Peu de jours après notre union, Hélène, qui enfant, puis jeune fille, n'avait jamais abordé le sujet dans lequel sa pénétration avait justement placé la cause de mes tristesses, se mit à parler fréquemment de sa mère, m'adressant des questions étranges, m'examinant attentivement, lorsque bouleversé, j'inventais des épisodes inouïs pour écarter des soupçons, qui venaient, je le sentais, à cette jeune âme soulevant le voile de la vie.

Elle y revenait sans cesse, avec une sorte d'entêtement, sondant le terrain avec méfiance, effleurant les choses lorsque sa pudeur ne lui permettait pas de les approfondir; mais je cherchai en vain à pénétrer la nature de la pensée qui l'obsédait.

Était-ce droiture blessée? Rétrospective jalousie?

Je me demandais bien s'il ne vaudrait pas mieux tout lui dire, lui confier le passé, m'abandonnant à sa hauteur d'âme, à son esprit large, aux générosités de son amour; mais la pensée d'une pareille confidence m'épouvantait. Si j'allais lui sembler le fourbe le plus lâche et le plus infâme? si j'allais perdre l'estime que m'avait accordée, en se livrant, son âme confiante et ingénue? si cette révélation enfin allait tuer son amour!... Et en supposant que son amour restât debout, la sérénité de notre vie n'en serait-elle point altérée? Le passé ne se lèverait-il jamais entre nous?... Si dans mes bras, il lui criait qu'avant elle j'avais serré sa mère sur ma poitrine! Et si, noyée dans une mer de hontes, elle m'accusait d'une duperie infâme et cruelle, d'égarements monstrueux... de honteuses voluptés?

J'ai été lâche, je le sais. Mais il faut tout comprendre, mon ami. J'aimais, et il me semblait que l'amour lave toutes les souillures. Celle que j'infligeais à cet être de toute pureté était fatale, involontaire. Je me réfugiais dans la certitude de

la noblesse de mon affection. D'ailleurs j'avais
lutté... Le passé était mort lorsque je fis à Hélène
l'aveu de mon amour.

Je gardai le silence. Mais comme l'expérience
me rendait prudent, je n'avançais qu'avec précau-
tion dans ma félicité nouvelle, m'appliquant à fer-
mer toutes les portes par où le mauvais sort eût pu
rentrer dans ma vie. Ainsi j'écrivis à Mme Peyron,
lui disant tout et la suppliant de ne jamais chercher à nous voir. J'adressai cette lettre au hasard
à Erzeroum. Elle resta sans réponse. Il me sembla
impossible qu'elle ne l'eût reçue, et je ne doutai
pas que dans son sacrifice elle ne voulût aller
jusqu'au bout.

Le nuage des soupçons d'Hélène excepté, nous
vivions heureux dans une mutuelle adoration.
Mon cœur s'élargissait, mes forces d'homme se
centuplaient, il me semblait que mon orgueil et
mon bonheur remplissaient le monde.

Comment n'ai-je point compris que cette soudaine intervention d'une clémence mystérieuse,
qui me rendait à toutes les joies, n'était qu'un
nouveau piége du destin ?

Hélène se tranquillisait peu à peu.

La sérénité des jours, l'absence de toute in-
quiétude m'attendaient maintenant et éblouissaient
comme un soleil levant mon âme ravie.

Je ne sais comment le temps se passait, mais
il passait bien vite.

Un soir, vous le rappelez-vous? nous vous ren-
contrâmes au café Florian. Vous rappelez-vous
notre veillée sur le balcon, l'histoire du portrait
de Sophie?

C'est depuis ce moment que ma pauvre aimée
devint la folle proie de l'intuition de son cœur,
des soupçons plus forts que sa raison de seize ans,
sa sainte innocence, sa fierté. Je les sentais toujours présents dans les emportements les plus
ardents de la passion, dans les enivrements les
plus fous du plaisir. Ils luisaient perpétuellement
dans ses yeux violets qui s'ouvraient tout grands
avec des éclairs aigus, comme pour me transpercer
et me vider de tout ce qui n'eût pas été elle, lorsque je la serrais à l'étouffer contre ma poitrine.
Comment lui dire que dans cette poitrine elle ré-
gnait en souveraine? comment lui faire comprendre que la mémoire du cœur est impitoyable-
ment infidèle? Et quels mots trouver pour ne

point ternir sa pureté incomparable, précieuse ?

Vous avez vu ces soudaines explosions de gaieté, auxquelles succédaient sans motif apparent de mornes rêveries. Et dans son regard, cet horrible mélange de passion, de haine, de fureur et de mépris, vous l'avez vu aussi !

Poussé à bout, je résolus de tenter un suprême effort et de lui livrer mon secret, dussions-nous tous deux en mourir. Mais je m'arrêtais court au moment décisif. Je pris le parti enfin de vous charger de ma confession.

Lorsque j'allai vous trouver à cet effet, — vous étiez parti.

Sait-on jamais ce que veut et ce que ne veut pas notre cœur ? La nouvelle de votre départ me fut un soulagement immense. Je n'avais pas envisagé certaines chances sans trembler.

Dans mon allégresse, je ne sais quelle flamme entra en moi, et je me sentis au cœur tant d'amour et de vaillance que je défiai le sort de venir à bout de nous.

— Hélène est trop jeune, me dis-je, pour tourner et retourner éternellement la même pensée. Je la ferai voyager ; les distractions assoupiront ses dé-

fiances, endormiront ses angoisses, et mon affection sincère, fervente, forcera à se taire ses soupçons. Nous nous engourdissons à Venise.

La veille du jour fixé pour notre départ, la porte
s'ouvrit et le domestique annonça joyeusement,
brutalement :

— La mère de madame.

Je demeurai pétrifié de surprise... paralysé,
avec un chaos de pensées obscures dans la tête,
où surnageaient l'horreur de ce qui allait se passer
et un furieux désir de m'enfuir pour n'en pas être
témoin.

Quand je sortis de cet état, je vis ma femme
évanouie aux bras de Mme Peyron, qui essayait à
la ranimer avec de folles caresses, en balbutiant
des paroles d'adoration.

— Vous ici, criai-je avec un sentiment d'irrita-
tion qui tenait presque de la douleur physique.

— Et ma lettre ?

— Quelle lettre ? répondit Mme Peyron. Je n'ai
rien reçu. On m'apprend, il y a trois jours, que
vous êtes marié. Mon vœu exaucé ! et me voici.

Je ris amèrement... un rire de damné.

12.

— Oui... vous voici; et j'ai vu notre bonheur s'envoler à tire-d'aile lorsqu'on vous a ouvert la porte.

Elle se cabra, superbe.

— Que craignez-vous ?... Vous êtes mon fils aujourd'hui. La femme est morte en moi... l'agonie a été longue... mais c'est fini. Depuis quand ?... je ne sais ? est-ce d'hier ?... mais c'est fini. La femme est morte, entendez-vous ? La mère devait-elle éternellement se sacrifier ?

Elle parlait d'une voix basse et pénétrante, et ce qu'elle disait m'arrivait à l'oreille de plus loin que la terre, de plus haut que la vie.

— Hélène est jalouse de vous, murmurai-je.

— Hélène jalouse de sa mère ? s'écria Mme Peyron. Malédiction ! Que sait-elle ?

— Rien. — Seulement, elle vous croyait morte.

Je parlais durement. Le sentiment de notre malheur m'avait ressaisi. Je me sentais une chose déracinée, jetée au vent. Pour la seconde fois, et cette fois irrévocablement, tout dans ma vie se trouvait détruit.

Sophie se tordit les mains dans une passion tragique.

— Pourquoi ne pas avoir dit la vérité ? dit-elle entre deux sanglots.

— Quelle vérité ? demandai-je étonné.

— Oui... pardon... je déraisonne. Quelle vérité ?... Mais alors que n'avez-vous menti ! Il fallait inventer un naufrage, un accident de chemin de fer, que sais-je ? — Un nom pris pour un autre, une erreur...

— Et pour votre silence, votre absence que l'enfant eût qualifiée d'abandon, quel prétexte ou quelle erreur fallait-il inventer ?

Elle me regarda les yeux hagards.

— Perdus, dit-elle en s'affaissant sur elle-même. — Et perdus par moi. Sa voix était caverneuse, horrible.

L'ensemble des circonstances nous avait inextricablement liés. Nous avions disposé de la vie avec une simplicité d'écolier. Son implacable logique se retournait contre nous, la vengeant du mépris que nous avions fait de ses réalités rigoureuses et jusque de ses vraisemblances.

Hélène se ranimait.

— Non, tout n'est pas perdu, s'écria Mme Peyron, et une joie sauvage courut sur ses traits.

Quand Hélène rouvrit les yeux, elle tendit les bras à sa mère, qui se jetant sur elle, la souleva d'une étreinte farouche et l'emporta dans la chambre voisine, couvrant son visage, ses yeux, ses cheveux, de baisers de feu. Par la porte entrebâillée, je vis ma femme lui rendant avec passion ses caresses.

Ce fut un soulagement inespéré, brusque.

Je respirai longuement, n'osant encore remuer, de crainte d'être repris immédiatement à la nuque par le destin. Je n'étais pas rassuré ; il me semblait même entendre distinctement derrière moi un grondement fauve ; je m'attendais à quelque formidable assaut. Cependant cela m'était si doux de ne plus souffrir, que je remerciai vaguement l'inconnu du répit qu'il m'accordait.

Hélène m'appela.

Au premier mot qu'elle prononça, je me sentis délivré de mon anxiété, guéri de mes terreurs.

C'était la même intonation amoureuse de sa voix pleine, le même geste calin pour m'attirer sur son cœur.

Que lui avait donc dit Mme Peyron entre deux baisers ?

Les jours qui suivirent s'écoulèrent dans une intimité confiante et absolue, dans une sérénité suprême. Mme Peyron, à travers laquelle nous nous aimions maintenant, avait rapproché nos cœurs. Pas un pli au front d'Hélène, nul souci, nul doute, dans les fières profondeurs de ses yeux violets.

D'ailleurs nulle explication.

Autour de nous une grande paix vivante, une divine douceur des choses, d'incomparables journées d'or qui mouraient dans des soirées d'argent.

Je ris du sort. J'étais victorieux. Hélène allait être mère.

Un soir, à la tombée de la nuit, comme j'attendais le retour de ma femme et de Mme Peyron, d'une promenade qu'elles avaient voulu faire seules, — la gondole me les ramena mortes.

Hélène avait tué sa mère d'un coup de poignard et s'était tuée après.

Que s'était-il passé entre elles ? Je l'ignore. Dans ma tête rien que des ténèbres. Le gondolier n'a rien vu ; on avait baissé les jalousies de la *felce* (cabine). »

Voici l'histoire. Et pour que le drame fût complet, Alexei Alexeiwitch est devenu fou subitement au sortir du service·funèbre. Il devait escorter les corps des deux femmes à Mestre, où un wagon spécial l'attendait, pour le conduire dans ses terres avec son triste fardeau ; mais au moment où l'on abattait le couvercle du double cercueil pour le sceller, sa raison a plié bagage. Poussant des cris affreux, il se jeta sur les hommes occupés à cette besogne, les dévorant à belles dents.

On l'a transporté à l'hôpital de fous qui se trouve sous la direction des frères de Saint-Jean-de-Dieu, sur l'île de San-Servolo, au-delà de Saint-Georges.

La mère et la fille dorment en paix dans la petite île de San-Michele, sur le chemin de Murano.

La Providence préserve Alexei Alexeiwitch de guérir !

A MON FRÈRE ROMAIN

V

A MON FRÈRE ROMAIN

Quelle triste plage que celle d'Ostende, et quelle pauvre villégiature ! C'est la mode et le monde dans leur gloire.

Une grève blanche et sablonneuse, peuplée de petites tentes qui sont autant de salons où l'on se visite en cérémonie, en grande toilette, en échangeant des médisances et des bonbons ; des troupeaux de petites filles, aussi correctement vêtues que leurs mamans, et qui semblent être surtout l'œuvre du tailleur, apprenant entre elles leur métier futur de femmes comme il faut ; des nuées de petits garçons un peu plus libres d'allures, qui s'ébattent sur la plage, achèvent de la remplir. Ils

13

jouent bruyamment dans les rues formées par les maisonnettes en toile, envoyant des pelletées de sable dans les yeux des passants et creusant des fossés qui communiquent avec la mer par des petits canaux où l'on s'embourbe à plaisir.

La plage n'est qu'une ville distinguée assez malpropre.

De nature, d'océan, de solitude, de poésie, il n'en est point question.

Si vous vous éloignez de ce high-life, vous ne trouvez qu'une grève nue, aride, sans accidents et qui dégage un mortel ennui.

Mes amis m'avaient conduit là avec les plus belles espérances de m'y distraire. Au bout de quinze jours, je cherchais encore la distraction, et j'allais repartir sans l'avoir trouvée. J'avais déjà fait mes adieux et mes paquets. Je passais ma dernière soirée au Kursaal, quand un homme, dont l'aspect tranchait avec toutes les physionomies banales au milieu desquelles je vivais depuis mon arrivée, vint s'asseoir à quelques pas de moi. Tout aussitôt, les chaises voisines se reculèrent, un murmure s'éleva parmi les dames; on se montra des yeux et même du doigt l'arrivant, qui resta   .

assis sans paraître s'apercevoir de ce remue-
ménage.

Assez intrigué, je le regardai plus attentivement.

C'était un homme de haute taille, courbé légèrement. Des cheveux noirs et brillants encadraient
ses traits réguliers. L'expression de son visage eût
été hautaine sans une profonde tristesse qui en
tempérait le caractère. C'était une tristesse frap-
pante et très-particulière. Costume noir, qui flottait
négligemment sur un corps émacié. Il paraissait
trente ans.

Je suivis la direction de son œil bleu, profond,
qui regardait fixement la mer au pied de la digue.

Peu à peu le jour baissa. Le ciel, devenu blafard,
se fondait avec les teintes confuses de la mer. Dans
la ville et sur les quais, des feux commençaient à
s'allumer.

A ce moment, une petite marchande s'approcha
et nous offrit des fleurs. Elles étaient communes,
maladroitement liées, de vrais bouquets flamands;
mais l'enfant semblait le modèle vivant d'une toile
de Téniers. Quelle merveille ! Des chairs rosées,
délicatement veinées, une chevelure blonde qui

descendait entre deux tresses jusqu'aux jarrets, de grands yeux foncés, caressants et confiants.

L'inconnu se leva. « Pauvre petite! » dit-il, et il donna à l'enfant une pièce d'or. Son œil s'était allumé, son regard brillait franc et intelligent, un sourire plein de bonté dessinait des lèvres fines, sa voix mâle s'était mouillée en prononçant ces mots. Il s'était redressé. Quelle belle figure ! Quelle humanité et quelle gravité d'expression ! Je me rappelai les portraits de Lermontoff.

Il s'éloigna lentement.

J'appelai un des garçons qui tournoyaient sans cesse autour des tables, offrant de mauvaises glaces, de plus mauvais café et des limonades gazeuses faites avec de l'eau de mer.

— Qui est cet homme?

— Un étranger, un Russe.

Le garçon s'échappa en tournant.

Je me levai et suivis l'inconnu. Pourquoi s'était-on éloigné de cet homme qui paraissait si vraiment homme ? Pourquoi ces chuchotements? Il y avait donc un mystère dans son existence. Quel était ce mystère?

Il marchait la tête baissée. A l'entrée de la rue

de l'Église, il s'arrêta devant un magasin de coquillages. Il contempla longuement les tridacnes gigantesques transformées en aquarium, où vivaient pêle-mêle des oursins, des étoiles de mer, des actinies, tout un monde maritime.

Son regard tomba ensuite sur un de ces petits bateaux pavoisés qui font la joie des enfants et que les marchands d'Ostende étalent à toutes les devantures. Brusquement, et comme si on l'eût poussé par derrière, il se remit en marche.

Y avait-il dans cette existence douloureuse le souvenir d'un enfant ?

Il pressa le pas; je le vis entrer à l'hôtel Mertian. J'arrivai jusqu'à la porte pour demander son nom; mais que m'eût dit son nom ? Je m'éloignai.

Le lendemain, mon esprit, jusque-là désœuvré, et parfaitement ennuyé, avait enfin une préoccupation : revoir l'inconnu et savoir ce qu'il était. Je défis mes paquets et je restai.

Je le retrouvai le soir sur la grève.

Je le vis arriver de loin. Il marchait lentement comme la veille, et, comme la veille, la tête baissée.

Il la relevait par moments et semblait interroger l'horizon.

La mer moutonnait. Des bateaux à vapeur revenant d'Angleterre se profilaient dans les dernières clartés du crépuscule. Ils allaient contre vent et marée, leurs pavillons de fumée flottant comme de noirs panaches.

Il me sembla plus pâle que la veille. Ses yeux se creusaient et s'enfonçaient sous des arcades saillantes. Il me regarda. L'extrême limpidité de son œil me frappa. Il était jeune, très-jeune, à en juger par ce regard.

Il allait et venait, paraissant avoir oublié ma présence. La mer montait; le flot envahissait le sable sous ses pieds; parfois la vague les mouillait; il marchait toujours.

La nuit tomba. Un souffle qui passait de moment en moment ouvrait dans la mer de lumineux sillons; des éclairs couraient dans les flots noirs et pressés; ils allumaient des monceaux d'escarboucles ou dansaient sur l'abîme comme des aigrettes d'or.

Tout en ayant un œil du côté de cette phosphorescence, de l'autre je suivais attentivement tous les mouvements de mon inconnu, qui bientôt gagna le chemin de la ville.

J'entendis son pas lent et mesuré sur les pavés de la digue. Je pris un escalier qui abrégeait la route et je le rejoignis devant le Kursaal. Il alla s'asseoir à la place de la veille, tira un cigare d'un très-beau portefeuille, le tourna machinalement entre ses doigts et ne l'alluma point. Peu à peu le mouvement de ses doigts se ralentit; il avait oublié le cigare.

Comme la veille, les baigneurs s'étaient écartés de lui.

Comme j'étais tenté de l'aborder ! Mais son attitude m'inspirait je ne sais quel respect et m'avertissait que je n'avais pas le droit de distraire par des paroles banales quelque grande infortune.

Un de mes camarades passa et m'appela. Il commençait je ne sais quel sujet de conversation; je l'interrompis et lui montrai l'inconnu.

— Vous connaissez cet homme ? lui demandai-je.

— Serge Razoumof. Un drôle de corps.

— Vous connaissez son histoire ?

— Peuh ! comme cela, une histoire terrible : il faut vous la faire conter par Philippe.

— Philippe le connaît donc ?

— Parfaitement.

— Eh ! que ne parliez-vous plus tôt.

Et le laissant là, je m'éloignai vivement. Je savais où trouver Philippe. C'était un Russe d'un estomac aussi grand que toutes les Russies et un des plus beaux mangeurs du continent. Je l'avais rencontré çà et là, dans quelques villes d'eaux, et nous échangions des poignées de main.

J'allais droit au Pavillon des Princes.

Un cercle d'au moins deux cents personnes entouraient une table au fond de la salle. L'attention était profonde. Des paroles à voix basse s'échangeaient.

— Cent louis...

— Deux cents louis...

A travers une éclaircie j'aperçus Philippe. Il était assis devant une table où se dressait un amoncellement d'écailles d'huîtres qui montaient jusqu'à sa tête. De l'autre côté de la table se tenait un Anglais aussi vert que les huîtres qu'ils mangeaient.

Je perçai la foule et touchai du doigt l'épaule de Philippe.

— Mon cher ami..., lui dis-je.

— Allez-vous-en au diable, me répondit Philippe. Ne voyez-vous pas qu'il s'agit d'une affaire sérieuse ?

Et il avala trois huîtres à la fois.

— Vô tricher, Môsieu, dit l'Anglais, qui de vert devint pourpre, et qui avala quatre huîtres d'une seule bouchée.

Philippe me tourna le dos et se remit à engloutir une pyramide de ces mollusques qu'on venait de poser devant lui. Il manœuvrait des mains et de la bouche avec une rapidité électrique. C'était comme un bruyant escamotage.

Comme dit un vieil épicurien :

> Les miettes de chaque morceau
> Sautaient par-dessus son chapeau.

Je traversai le cercle et j'attendis la fin du combat entre l'estomac russe et l'estomac anglais. Il s'agissait d'avaler cent douzaines d'huîtres. Cent bouteilles de champagne étaient l'enjeu.

13.

Au bout de vingt minutes, Philippe se leva plus pâle que la nappe. L'Angleterre restait victorieuse. Le Russe en était à sa quatre-vingt-douzième douzaine et demandait merci.

Je pris mon homme par le bras et je l'emmenai. Il suffoquait. La marche et le grand air lui rendirent la respiration.

— Vous m'avez fait battre, me dit-il avec humeur. La surprise de votre visite a paralysé tous mes moyens. Je suis honteux. Je prendrai ma revanche. Que me voulez-vous donc?

— Je veux l'histoire de Serge Razoumof.

— Serge Razoumof? Son histoire? Je vous la conterai un de ces jours.

— Mon cher, lui dis-je, je payerai à l'Anglais l'enjeu de votre désastre, ou je vous jetterai à la mer, mais il me faut cette histoire tout de suite.

— Eh bien! me dit-il, allons souper; je conterai à table.

Je le regardai avec stupéfaction. Cette grande digestion était déjà accomplie. Je le menai au pavillon de l'Estacade; au second service il commença :

J'ai été camarade de Serge à l'Université. Nous

venions tous deux de la campagne; nous étions
voisins. C'était une vierge pour la douceur et la
timidité, une timidité telle qu'on y sentait l'effet
d'une compression qui avait pesé sur lui dès son
bas âge. Il parlait peu, vivait à l'écart et travaillait
beaucoup. Nous l'aimions comme on aime les êtres
inoffensifs, par ce sentiment où la pitié orgueil-
leuse entre toujours pour quelque chose. Serge, en
effet, avait eu l'enfance la plus dure. Son père
habitait le gouvernement de K... C'était un homme
riche, abominablement ladre et effroyablement
rude. Un visage jaune, osseux, des yeux glacés,
l'air sournois et soupçonneux des avares. Il avait
perdu sa femme deux ans après la naissance de
son fils. On contait dans le pays qu'il l'avait tuée.
Elle était fille de bonne maison, habituée à une
vie délicate. Elle voulut élever délicatement son
enfant. Mais cela coûtait cher. Le vieux ladre lui
fit des représentations. Elle n'en tint pas compte.
L'avarice et la cruauté de cet homme se mon-
trèrent alors dans toute leur force. Il soumit dès
ce moment avec une rigueur inflexible la mère et
l'enfant au régime des serfs. Il la séquestra, la
traita en servante et la pauvre femme en mourut.

L'enfant grandit sous ce terrible maître, qui, dès l'âge de six ans, l'employa à ratisser les tas de fumier dans la cour et le roua de coups.

Le père avait rêvé de faire de son fils une sorte de premier valet dans son domaine et de tirer de lui tout l'argent qu'il ne voulait pas dépenser pour son éducation. Il envoya le petit Serge aux champs bêcher, sarcler, labourer.

Mais, un jour, arriva dans la vieille maison, qui faute de soins tombait presque en ruines, le frère de Razoumof. C'était un célibataire très-riche, dont Serge devait hériter. Il avait quelque culture dans l'esprit et trouva étrange l'abandon où Razoumof tenait son fils. Il exigea que l'enfant fût immédiatement envoyé à Moscou pour y faire ses études; sans quoi, ajouta-t-il, il n'héritera pas de moi. Le père frémit à ce dernier mot autant qu'à l'idée des dépenses qu'allait lui amener cette éducation forcée. Il pleura, supplia, déclara qu'il ferait donner auprès de lui une brillante éducation à son fils; il manda même un *diak* à ce propos. Le *diak* est un chantre dans l'Église grecque, qui la plupart du temps ne sait pas lire. Le frère tint bon et l'enfant fut envoyé à Moscou.

Je vois encore le vieux Razoumof le jour du départ de Serge. Enveloppé d'une longue redingote olivâtre, graisseuse et rapiécée avec des morceaux de drap de différentes couleurs, il versait des larmes amères en me contant la lubie criminelle de son frère. Ce fut cependant le frère qui supporta finalement les frais de l'éducation de son neveu, le père de Serge ayant cessé d'envoyer de l'argent dès la seconde année.

— Il va me coûter les yeux de la tête, ce vaurien, cet imbécile, gémissait-il en agitant ses bras décharnés. Je crèverai de faim, sur la paille...

Il pleurait dans mon dos.

— Oui, sur la paille... hi, hi, hi...

Et il courait du *tarantass* délabré qu'un petit garçon faisait sortir d'un hangar, à l'écurie où un vieux serviteur, sec et maigre comme son maître, rattachait avec de vieux bouts de ficelle des harnais rongés par les souris.

Les chevaux attelés, le vieux lança encore quelques grots mots en guise de bénédiction et le petit Serge partit.

Il resta huit ans à Moscou. A vingt et un ans il avait achevé de brillantes études et se préparait à faire un voyage à l'étranger quand son oncle mourut. En même temps que cette nouvelle, Serge reçut de son père l'ordre de revenir immédiatement. Il obéit, en garçon soumis qu'il était toujours.

Il trouva son père plus sec, plus mince, plus jaune et plus caillouteux que jamais ; il revit la vieille maison avec ses étroites fenêtres aux vitres verdâtres dont la plupart étaient remplacées par des lambeaux de torchon ou de papier ; les planches du toit, rouges jadis, étaient disjointes et vermoulues ; il retrouva dans la vaste cour les mêmes flaques d'eau sale où, enfant, il avait barbotté avec les oies et les canards ; le même jardin envahi par les absinthes et les orties ; il entra dans l'antichambre et réveilla des nuées de mouches qui bourdonnèrent en se heurtant aux murailles et au plafond ; il y avait là de vieux souliers éculés, des morceaux de cuir, des rateaux édentés, des bêches cassées, de la ferraille rouillée, un pot de *kwas* dans un coin, des têtes de pavot vides et une enfant hâve et en guenilles qui dévidait du fil.

Le père le reçut en silence, avec un regard narquois qui semblait dire : Te voilà enfin de retour, mon garçon ; maintenant que tu as hérité, tu vas reprendre ici ta vie au point juste où tu l'as laissée il y a huit ans ; les livres et les écritures, à d'autres ; pour toi, tu seras un homme sérieux comme je l'ai toujours voulu, et tu hériteras de moi plus difficilement que de ton oncle.

Le domaine de l'oncle était à une journée de là. Razoumof l'afferma et mit aussitôt une bêche et une charrue entre les mains de Serge. Ces mains étaient devenues délicates comme son esprit ; il reçut un coup terrible devant cette persistance et cet égoïsme de volonté paternelle ; il vit par terre tous ses rêves d'une vie supérieure déjà commencée avec amour : l'étude, le commerce des esprits distingués, la poésie ; mais il n'osa pas se révolter.

— Quelle que soit la misère du reste de mes jours, se dit-il, j'aurai vécu huit ans.

Il avait apporté quelques livres ; le père ouvrit sa malle, les vit et les emporta. Une heure après, Serge sentit une forte odeur de papier brûlé. Razoumof, qui depuis longtemps faisait lui-même sa cuisine, réchauffait à la flamme des livres le restant d'une friture de la veille. Serge se remit au travail des champs et contint l'amertume de sa tristesse.

Deux années se passèrent ainsi.

Un matin d'automne, le hoyau sur l'épaule, dans un habit noir râpé, le seul reste de sa défroque de Moscou, il s'en allait aux champs à travers un bois de sapins.

Il rencontra une jeune fille qui ramassait des agarics. Elle avait un jupon à rayures blanches et bleues, une casaque en drap foncé, un tablier brodé. Ses tresses blondes s'échappaient d'un chapeau de paille à larges bords. La légèreté de ses mouvements, les gracieuses courbes de son jeune corps le frappèrent. Ce n'était point une paysanne. Il s'arrêta, rougit et la salua. Elle rougit aussi, lui rendit son salut, après quoi ils restèrent quelque temps à se regarder comme deux enfants. La jeune fille se détourna la première et continua son chemin. Elle gagna la lisière du bois et disparut dans un champ de chanvre.

Le lendemain, Serge vint à la même heure au même endroit. Il reconnut de loin le chapeau de paille de la jeune fille. Elle avait au bras le petit panier qu'il lui avait vu la veille. Elle se baissait et ramassait, ou faisait semblant de ramasser les

champignons. Il marcha vers elle, la salua et passa
très-vite sans se détourner. Ce manège dura huit
jours. Puis il se dit qu'il n'y aurait bientôt plus
d'agarics, et qu'un matin il se retrouverait seul dans
le bois. Le jour suivant, comme s'il eût pris une
résolution désespérée, il aborda la jeune fille. Il
apprit d'elle qu'elle était orpheline, sans fortune,
recueillie par une dame du voisinage, veuve et sans
enfants. Élevée dans un couvent jusqu'à dix-sept
ans, elle venait d'en sortir pour vivre désormais
auprès de sa bienfaitrice.

Sans être belle, Tatiana avait le charme. Comme
chez la femme russe, l'animation des traits contrastait avec la fixité et la profondeur du regard. Des
rêves infinis y passaient : les yeux étaient verts,
avec des reflets d'or; la taille onduleuse, les extrémités fines.

Serge eut bientôt fait la connaissance de Thècle
Martinovna, la mère adoptive de la jeune fille.
Désormais, il passa ses journées non plus aux
champs, mais chez elles.

Il arrivait dès le matin et trouvait Tatiana dans
un bouquet de saules, au bord d'un étang voisin de
sa maison, d'où elle guettait sa venue. Ils s'en

allaient tous deux dans les bois, respirant la délicieuse et penétrante odeur de la résine, écoutant les
coups de becs des piverts, cueillant des mûres ou
des noisettes. Parfois ils s'asseyaient dans les clai-
rières, entre deux bouleaux. Tatiana faisait des
colliers avec les baies sauvages qui semblaient des
grains de corail dans la verdure humide ; Serge
gravait avec un canif le nom de Tatiana dans
l'écorce argentée des bouleaux.

Ils revenaient ensuite à travers champs, enve-
loppés dans le soleil lumineux de l'automne, soulevant à chaque pas d'innombrables grillons.
Arrivés à la maison, ils suivaient Thècle Martinovna dans les granges, chez les poules, dans
l'enclos où s'alignaient des ruches dont ils retiraient
de beaux rayons de miel transparent et parfumé.

Le soir, Tatiana servait la collation dans un
massif de framboisiers. Les jattes de crême étaient
entourées de branches de houx, le fromage et le
beurre s'étalaient sur des feuilles de vigne ; il y
avait des galettes dorées, du miel ambré, des figues
sèches ; on mangeait à belles dents, on riait sans
ombre de souci.

Serge se laissait envahir dans tout son être par

la douceur de ces impressions. Il ne rentrait plus
que très-tard, lorsqu'il jugeait son père endormi.
Deux ou trois semaines joyeuses s'écoulèrent.

Un matin, au moment où il franchissait la clôture de la cour, une lucarne s'ouvrit en grinçant sur
sa ferrure rouillée. Une figure jaune, sale et ridée
s'y montra. Une voix éraillée se fit entendre.

— Serge !

Serge, qui s'était retourné à demi, frémit de tout
son corps et regarda son père.

— Tu vas aux champs, n'est-ce pas ? chez la
voisine, dit Razoumof, et tout à coup avec un rictus
méchant : Menteur, hypocrite, canaille, brigand,
si cette chienne de Tatiana t'a donné rendez-vous
encore aujourd'hui, elle se passera de toi. Retourne à l'instant.

Serge resta un moment fixé au sol. Le père,
accoutumé à l'obéissance de son fils, referma la
fenêtre, bien persuadé que Serge ne bougerait de
place que pour rentrer.

Mais le jeune homme reprit sa marche, franchit
la clôture et se dirigea vers la maison de Thècle
Martinovna. Au bout d'une verste, il s'arrêta et

écouta son cœur. Il vit qu'il aimait Tatiana et qu'il lui était impossible de vivre sans elle. Il se remit à marcher, et alla jusqu'à l'étang, où il était sûr de trouver sa bien-aimée.

Elle était là. Il la prit silencieusement par la main, la mena auprès de sa mère adoptive et dit *ex abrupto* à la vieille dame :

— Je vous demande Tatiana en mariage.

— Mais votre père ? dit Thècle Martinovna surprise. Tatiana n'a pas de dot.

— J'ai vingt-quatre ans, répondit-il, et le bien de mon oncle.

La bonne dame, en pleurant, leur donna sa bénédiction.

A son retour chez lui, Serge dit à son père ce qu'il venait de faire. Razoumof, stupéfait de cette audace dans une âme depuis si longtemps pliée à sa tyrannie, recula d'abord d'un pas, puis fondit sur son fils avec des imprécations terribles. Il cria, hurla, se démena comme un fou furieux, le menaça de l'interdiction, puis saisit un vieux fusil et coucha le jeune homme en joue.

— M'obéiras-tu, vaurien ? vociféra-t-il.

Serge secoua la tête négativement, en regardant

pour la première fois son père en face. L'amour lui donnait enfin le sentiment de ses droits et le courage.

— Je te chasse, chien, bâtard maudit; va-t-en, je te chasse.

Serge sortit. Il passa la nuit sous un hangar au foin, et, au jour, se rendit dans son héritage, le domaine de son oncle.

Les arrangements avec le fermier, qui se désista de son bail, furent vite faits, et il s'occupa dès lors à restaurer, arranger et orner la maison solitaire, qui allait bientôt être remplie de Tatiana et de son amour.

La veille de son mariage, Serge écrivit à son père :

« Mon père,

« Je me marie demain. Votre paternelle autorisation rendrait mon bonheur entier. Vous m'êtes témoin que je vous ai toujours rendu l'obéissance et le respect dus à un père, jusqu'au jour où mon amour a fait naître en moi la volonté, qui est aussi chose respectable. Voulez-vous me pardonner si vous estimez que j'ai commis une faute envers vous? Voulez-vous revoir votre fils et vous laisser présenter celle qui veut aussi vous donner le nom de père? C'est une jeune fille pure, aimante et dévouée. Elle vous aimera, et, par sa présence, réjouira vos vieux jours. Au nom de ma mère, qui fut, on me l'a dit, une âme bonne et chrétienne; au nom du bonheur de votre enfant, ne nous refusez pas votre bénénédiction. »

Razoumof brûla la lettre de son fils comme il avait brûlé ses livres, entra dans une colère tempêtueuse, frappa ses valets, qui s'enfuirent épouvantés, et s'enferma chez lui pendant trois jours. Le troisième jour, quand il sortit pour la première fois, il étendit la main vers le point de la campagne où habitaient le rebelle et sa femme, et dit avec un geste de menace : Je les aurai !

Serge vivait enfin.

Une femme aimante, donce et assez cultivée pour s'associer aux pensées de son mari qui retrouvait les chères études, les livres, la vie morale qu'il croyait perdus à jamais; l'indépendance, la solitude à deux : quel rêve inattendu et réalisé !

Il emmena sa femme dans la maison qu'il venait

de préparer pour elle. C'était une maisonnette blanche, toute tapissée de vigne vierge et de lierre. Un petit portique vitré, rempli de fleurs, ouvrait sur une salle à manger aux meubles en racine d'érable sculptée, nattée de jonc. A droite, la chambre nuptiale, bleue et blanche, nid soyeux créé avec toutes les recherches du luxe. A gauche, le cabinet de travail de Serge, aux draperies brunes, aux meubles en vieux cuir bronzé. Au fond, un petit salon blanc et or, avec la table à ouvrage de Tatiana et des livres qui remplissaient deux grands cabinets en bois de rose. Les deux jeunes gens passaient là leur soirée sous une lampe d'albâtre, Serge lisant à haute voix, Tatiana occupée à regarder Serge plutôt qu'à tirer l'aiguille. Partout des fleurs et la joie partout.

Comme cela était loin de la lugubre maison paternelle !

Le jardin n'était que dessiné, mais tous les jours on recevait des envois de plantes rares et de graines.

Serge ne sortait que pour les soins à donner à son domaine, et si parfois il chassait, car il aimait la chasse, c'était dans son jardin.

Pour Tatiana, elle s'épanouissait dans l'amour, avec toutes les richesses d'un cœur qui jusqu'alors n'avait pu s'attacher que par le souvenir à ses parents morts de bonne heure, et par le respect à sa bienfaitrice, Thècle Martinovna. Elle devenait belle.

Comme dans cette solitude elle était tout pour son mari, chaque jour elle se parait pour leurs chères soirées et lui offrait ainsi le charme et la fête d'une Tatiana nouvelle.

Serge cependant pensait à son père. Chercher à le revoir était absolument inutile; il connaissait la rigidité de cette âme; mais il s'informa auprès des domestiques. Ils répondirent qu'il était devenu plus taciturne, plus dur et plus avide que jamais.

Serge, après s'être affligé de cette rupture qui paraissait devoir être éternelle, en avait enfin pris son parti, quand un matin, dix mois juste après son mariage, il reçut le mot suivant :

« Mon fils,

« Je me fais vieux; je souffre de mon isolement.

Amène-moi ta femme, je me réchaufferai à votre jeunesse et à votre bonheur. Je veux aujourd'hui pardonner et bénir. »

Serge poussa un cri de joie auquel accourut Tatiana. Il lui montra la lettre. Les deux enfants tombèrent dans les bras l'un de l'autre. Plus de nuages à leur ciel. Ils se sentirent le cœur singulièrement léger. Ces bonnes âmes avaient souffert de la cruelle sévérité du vieil avare plus qu'il n'avait paru.

— Il sera là du moins à la naissance de notre enfant, dit Serge en embrassant sa femme.

Tatiana, en effet, était grosse de six mois.

Le même jour ils volèrent à Irtche, et, en descendant de voiture, s'agenouillèrent devant le terrible vieillard. Il les embrassa, les bénit, fut cordial, affectueux. Il les pria de passer quelques jours sous son toit.

Le soir, à souper, le repas fut presque présentable. Une omelette aux concombres, des galettes de sarrasin, un peu de beurre, une bouteille de vin, que le vieux but presque à lui seul, et qui le mit en gaieté. Serge ne reconnaissait plus son père.

Tatiana éprouva un malaise lugubre dans cette maison délabrée, plus sale que jamais ; il n'y avait pas de si petit endroit qui ne fût gluant de blattes ou de mouches ; mais elle craignit de jeter une ombre sur cette réconciliation tant désirée et n'osa pas parler de retour immédiat.

Le lendemain, Serge fut éveillé de bonne heure par des petits coups frappés à sa fenêtre. C'était son père.

— Viens vite, lui dit-il, un des garçons de ferme vient d'apercevoir un magnifique chevreuil dans la clairière.

Serge s'habilla à la hâte, embrassa sa femme qui sommeillait encore, prit un fusil à deux coups, glissa des balles, et sortit.

La journée était belle, la température tiède, des flocons blancs qui montaient à l'horizon disparaissaient aussitôt.

Serge revit avec amour le bois où il avait rencontré la première fois Tatiana. Il y avait dans l'air des senteurs de livèches, de mousses et de champignons. Les pommes de pin et les broussailles sèches craquaient gaiement sous ses pieds.

Un lièvre partit; il lui laissa la vie; il était si heureux !

Il fit le tour de la clairière, ne vit pas de chevreuil, erra çà et là, et songea qu'il avait à peine embrassé Tatiana. Qu'allait-il donc chasser le chevreuil, quelques heures après son arrivée chez son père ? pourquoi laisser sa femme seule dans cette triste maison, dont l'aspect avait paru la glacer. A cette pensée, il retourna sur ses pas, accéléra sa marche, et enfin se mit à courir.

En vue de la maison, comme honteux de ce mouvement un peu enfantin qui l'emportait, il ralentit sa course. Sa femme dormait sans doute encore.

Tout à coup un cri perçant frappa son oreille. Il se sentit dans le dos une sueur glacée. En quelques bonds il gagna la clôture de la cour et courut vers la porte. Elle était fermée. Les cris reprirent déchirants.

C'était bien sa femme qui criait.

Il enfonça la porte d'un coup de pied.

Au milieu de la salle, Tatiana, à demi-nue, était étendue sur le plancher. Deux valets lui tenaient les pieds et les mains ; deux autres la battaient à coups de verges. Le père, l'œil injecté de sang, la bouche convulsée et écumante, tournoyait comme un fauve autour de la victime en criant : Plus fort ! plus fort !

Serge épaula son fusil et tira. La balle entra dans la bouche hurlante du vieillard qui tomba tué roide.

Les valets se jetèrent aux pieds de Serge en sanglotant. Il les repoussa et prit dans ses bras Tatiana, qui se tordait dans d'affreuses convulsions.

Les mêmes valets qui l'avaient torturée couraient maintenant après des secours.

Au bout d'une heure, Tatiana expirait en mettant au monde un enfant mort.

Le lendemain, Serge alla se livrer à la justice.

On le jugea et on l'acquitta.

— Malgré cet acquittement, ajouta Philippe, vous voyez que cette affaire lui a fait ici une mauvaise réputation.

En ce moment, nous fûmes abordés par plusieurs baigneurs ; en même temps Serge Razoumof vint à passer, et son ancien camarade lui tourna le dos.

Imprimerie E. Heurne et C⁹, à Saint-Germain.

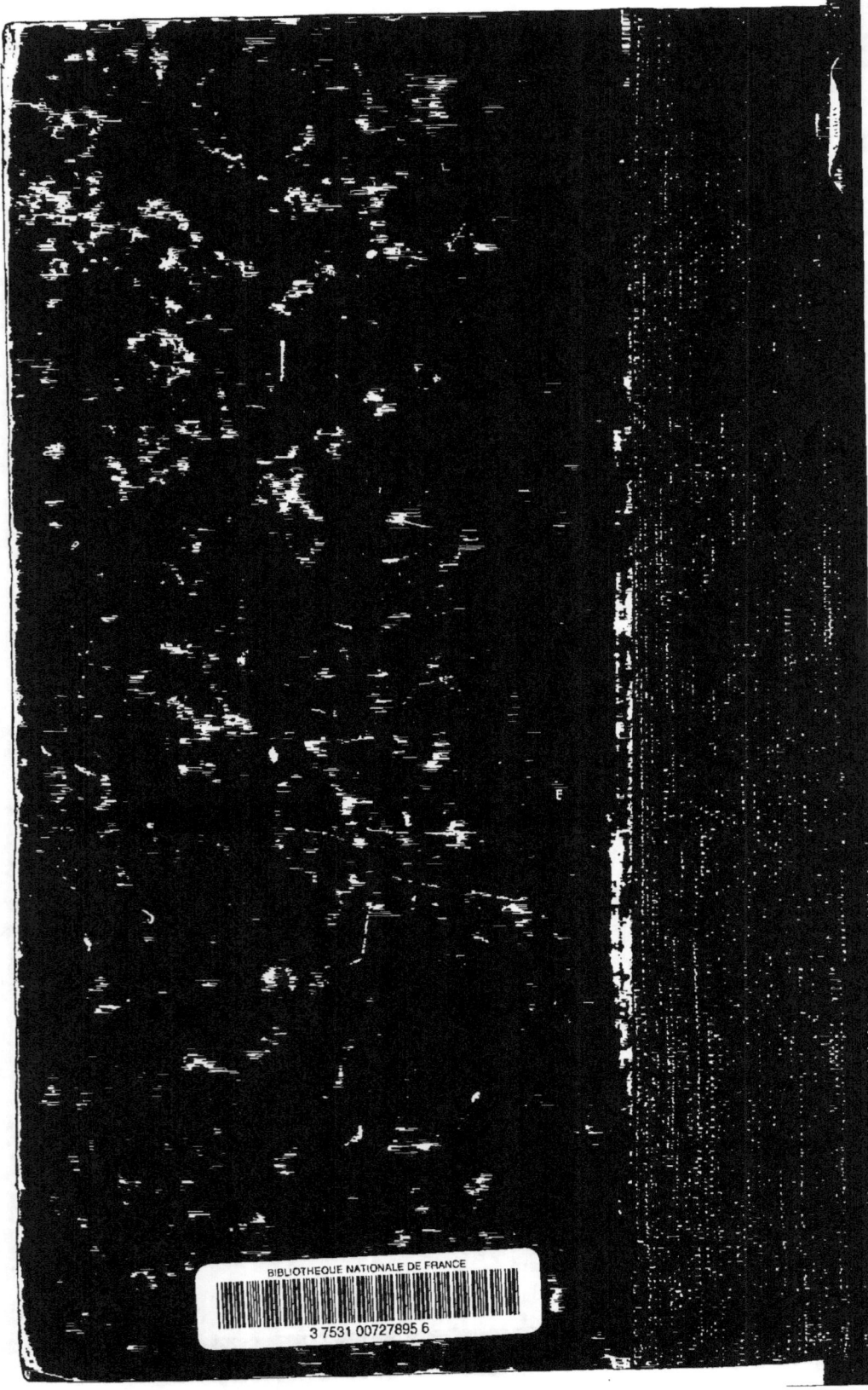

www.ingramcontent.com/pod-product-compliance
Lightning Source LLC
Chambersburg PA
CBHW070502030726
47503CB00004B/1136